目次

Part 8 思維

Part 9 人性與自我

Part 1

生活

01
讀書

讀書是高尚的、度過無所事事時刻的方式。

讀書可以暫時避開他人的眼光、以及其他諸如此類的尷尬。

常常看某一種語言的書，看久了可以用那種語言寫一本自己的書。

在適當的光線下讀書，眼睛不會受損；
但是，也不宜一動不動看太久。

有人抱著讀武俠小說的心情讀教科書。
或者把武俠小說當教科書讀。

有人讀書讀得很慢，讀每一個字、每一
行字，讀到地老天荒，既不急切，也不
趕時間。

有人利用零碎的時間，累積讀很多書。例如在修車場等候車子保養的時候。或在機場等待班機該飛而未飛之時。在燈下等車的時候。或坐車途中。或睡前。但是，也可以在日常生活中，「特別」騰出一段時間來讀書。

有時讀書的樂趣，是長效性的。

有時好書中的一句話或一個觀念，縈迴於腦海，一整天，一星期，影響一生。

有一種讀書，稱為一曝十寒。

讀書使我們專注，或心猿意馬，或心神游蕩。

讀書激發我們的敏感神經，發現平時未覺察的問題，啟發解決難題的靈感，或進入深沉的自我省察。

讀書使我們與許多偉大的心靈交通；使我們變成偉大。

02
朋友

明亮的理性,

能分辨生活中各種各樣的善與不
善、可欲與不可欲。

也能分辨益友損友。

人需要朋友。品德好又能勸我們為善的是益友。博學多能又
肯助人的是益友。益友,增加我們的道德。益友不嫌多。

損與益,有時難分辨,因為當局者迷。如果另有目的,長於
奉承,更會使人誤判。誤判常發生在喜歡別人奉承的人。

人確實是有判別善與惡、益與損的能力。這種能力,就是理
性。理性人人具有,但有個別差異,主要是看理性能力有沒
有充分發揮。心念清淨,情緒平靜,無私無我、無欲無求。
多一分這樣的心境,則多一分理性;多一分淨化,則少一分
偏執。淨化能使理性明亮,釋出智慧。

潛在的理性能力，像是心中智慧的種子一樣。宇宙間的事情，不可能從無當中產生；如果沒有理性的因、理性的種子，則沒有理性的結果產生。現在既然有了理性的結果，可以反證必已經有理性的因存在。教育者也必須堅信教育能引發理性的善果。否定教育的價值，等於否定教師存在的功能。否定了教育和教師，也否定了文明道德的進步和人類前途發展的可能性。

若有損友，有二法可以對治，
一是影響他；一是遠離他。
無論是教育之或遠離之，均須出以善巧方便，
以免傷人傷己，增加不善的因緣。
佛經說，親近善知識，遠離惡知識。
善知識是善友，惡知識是損友。

廣義的朋友包含結有善緣的同事、鄰居、商業或公務有往來的相關人士、宗教團體中的同道、以及各種社團的同道。更廣義的朋友甚至包含所有廣結善緣的已識或未識的眾人。最廣義的朋友,則是四海之內皆兄弟。至於民吾同胞,物吾同與,就包含一切的有情眾生、無情眾生、草木樹石了。

大菩薩的心涵蓋一切眾生,無論識與不識,有無直接的利害相繫,都常在他無間斷的關懷當中。這種關懷也許表面上其淡如水,卻能濟助眾人。

03
婚姻的選擇

有人選擇結婚，有人選擇不結婚。

選擇不結婚的人，當其做此決定時，可能基於兩個原因，一是抱持獨身主義，一是尚未遇到喜歡的對象。抱持獨身主義者，如果非常堅持，即使遇到喜歡的對象，仍選擇不結婚，卻可能願意交往，而把結婚排除在人生的目標以外。

嚴格而堅定抱持獨身主義者，應該已經設想過不結婚的生活方式和內容，也評估過結婚與不結婚的生活上的差異和利弊得失。或者，他根本未在意識上那麼理性或那麼「功利地」做著評估，而只是在情感上或於潛意識「不想」結婚。「獨身主義」的定義並不是很清楚。如有人不結婚，卻過著同居的生活，嚴格地說，是否算是獨身主義？獨身主義應該是喜歡一個人單獨生活。依此定義，則獨身主義是不欲與人同在一個屋簷下生活；至於有無婚姻，又是另一個層次的問題。婚姻似乎有其複雜的世俗的禮儀和限制，還牽涉到許多其他的問題，包括與法律有關的、與法律無關的、諸多問題。

如果抱定嚴格的獨身生活，其所形成的生活風格、形式和內容，就成為此人「選擇」的結果。他可能樂於承擔這樣的結果；也可能在經過一段時間以後，立場動搖，重新思考是否要繼續堅持獨身主義，這時，他可能要再做另一次的「選擇」，並再一次評估堅持獨身主義和改變獨身主義可能造成的不同結果。

有些選擇不是那麼具有關鍵性的影響，有些則相反。例如選擇去看什麼電影，比起選擇要不要結婚，可能前者比較不那麼具有關鍵性。但是這樣的結論有時也不要下得太早。如果看一場電影的結果是遇見了一位結婚的對象，那麼其重要性則另當別論。換句話說，有些看似瑣細而不重要的選擇，卻可能產生一些意想不到的連鎖性的因緣，轉生出人生旅途中具有深遠影響的事件。

一旦對於選擇的結果覺得不滿意或不喜歡，當然可以重新思考，改弦更張，而不必做出情緒性的任性的反應。

就像獨身主義者可以改變立場，選擇去結婚一樣。但是在做此改變的時候，有時也不得不去考量一些社會的因素。例如一向宣揚獨身主義甚力，並廣為親友或社會大眾所周知，現在突然改變想法和做法，難免使親友等人受到衝擊。

已經選擇婚姻的人，一旦改變了想法和做法，其產生的後果，在社會層面來說，一般而言是比較複雜的。例如有些人會以「婚變」來形容。

想從已經存在的婚姻關係脫身，首先牽動到的是婚姻的對象：妻子或丈夫，以及子女，如果有子女的話。這兩方面的牽動，有時會產生情感、情緒等心理層面的掙扎或爭執。其次是財產、贍養等物質和法律層面的問題。

脫離婚姻，無論對主動提出或被動接受的當事人而言，都是極大的挑戰。婚姻關係的解除，意味著當事人必須調整他已經習慣（或厭倦）的生活方式和情感依賴。如果調適不良，很可能會陷於一種長期的沮喪和自怨自艾的漩渦之中。

無論主動或被動離婚，都表示先前婚姻之某種判斷或選擇的失敗。這種失利的狀況，會打擊一個人的信心：不僅僅是對婚姻，也是對別人和對自己的信心。

失去信心的結果，可能引發定力的消失。定力的消失意味著思考能力變得薄弱，智慧判斷的能力失去先前的靈光。

心理學家把結婚和失婚，都視為人生的危機，這表示，當事人應特別重視這一類的重大事件，並且妥善調整心理，以因應生活環境的劇變。對婚姻適應良好，可以避免從婚姻脫離。除非是當事人在心念上有大的改變，或者由於意外事件，例如病故或意外身亡等，否則從婚姻脫離，大多與婚姻的不良適應有很大的關聯。

從單身走入婚姻狀態，大多數人抱著喜悅的心情，並對幸福人生有所期待，只有少數例外，例如負面情緒下的婚姻，被迫的婚姻，買賣的婚姻，或政治的婚姻等。

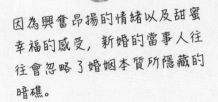

因為興奮昂揚的情緒以及甜蜜幸福的感受，新婚的當事人往往會忽略了婚姻本質所隱藏的暗礁。

和一個來自不同家庭的人，建立新的約定，而這種約定被假設是終身的，或至少是長期的，一如在結婚典禮上所做出的誓言。其間隱藏著非明文的權利和義務的約束。

現在每天要和一位不見得十分了解的人生活在一起；和一位
個性、嗜好和價值觀可能和我有很大差異的人，長時間地分
享彼此的喜悦、痛苦、得意、失望、意見和波動的情緒。兩
人的了解需要時間，也需要當事人有意願和有內心的空間願
意容受理解。

0.4
遊戲和工作

生活在遊戲與工作之間取得平衡，能感覺到舒適和滿足。遊戲帶來休閒和放鬆。常人總認為工作是付出；是勞累緊張的。許多人的工作也確實如此，因此需要遊戲來調節身心，或者以遊戲做為給自己的一種獎賞。

這種看法，預設了人性是趨樂避苦的，而工作基本上是苦，遊戲或休閒是樂。這是二分法的人生觀。

無可否認，人有趨樂避苦的身心傾向，但是，生活中的事物及活動，其所導致的結果，是苦是樂，每一人的判斷常有不同。例如，同一種休閒遊戲，有人覺得是樂趣，有人則引以為苦。

如果改變心態,
工作中也可能有無窮的樂趣或成就感。

再說,統稱為遊戲,其結果也不一致:有些遊戲導致樂果,
有些則導致苦果;有些樂盡生苦,有些則苦盡而生樂。

既稱之為遊戲,自然是以能產生身心的快樂舒暢為上;如果
產生相反的結果,則與遊戲的定義不相稱。適度的旅遊和運
動,能產生有益於身心的結果。如果沉迷於賭博、酗酒,則
已經不是遊戲,也非休閒。短暫的感官刺激,有的會產生煩
惱,甚至顛倒毀滅生活。

有些活動,例如閱讀,對有些人是嗜好、休閒,對另外的人則
是工作或職責。如果因樂趣而閱讀,則能愉悅身心;如為應付
考試而閱讀,則難以放鬆心情。編審讀稿,閱讀成為工作。

如果工作只是為了生活，只有壓力、艱辛和困頓，找不出意義，也得不到認同，那麼，在工作之餘，自然會需要其他的活動來平衡身心。如此，每日的生活便在工作與休閒兩個壁壘分明的地界，來回擺盪，以維持生存，不致生病或憂鬱。

對平常人而言，休閒確有必要，但是很明顯，必須選擇健康而有建設性的活動，而不是病態、毀壞性的活動，以免飲鴆止渴。

有些活動介於工作與遊戲之間，界線不明顯，例如親子活動和親友往來應酬等。

修行圓滿的人，工作與休閒的界線模糊了，甚至消失了。這時，苦不再是苦，而樂也不會去執著了。

「過」與「不及」都會有副作用產生。像走路是有益於健康的，但是如果不能放開心情，而是希望得到某種功效，產生了急切的心，則難免變成負擔，甚至成為傷害。

工作不是遊戲，遊戲也不是工作，但是，如果工作時能像遊戲一樣放鬆緊繃的肌肉和神經，則工作的效果會更好，而且也比較不容易疲累，亂發脾氣，出差錯；說不定會更有創意。

即使遊戲，也有中道。中道的兩端是緊張和放逸。偏於緊張，則無法享受遊戲的樂趣；偏於放逸，則可能樂極生悲。如果遊戲的內容枯燥或不合我的興趣，則覺得索然無味，也達不到紓解身心的目的。

我們的生活是要在專注中放鬆，
既認真又不拘執，在定靜中釋出巧思、
創意和周到精準的籌計。

工作時，我的心中沒有工作者，沒有工作的目標，沒有時程和進度，也沒有「工作」這兩個字。這些與工作有著關聯的人事物，都變得似有似無。

禪定的身心狀態，可以由工作擴大到遊戲，
到行住坐臥，到睡眠。
這時，身心無限寬廣自由，沒有重擔。
工作、遊戲、休閒、行、住、坐、
臥等的分別界線，也逐漸泯除了。

初習禪定，可以運用「功用心」的念力暗示自己；暗示自己要採取一種不即不離、不取不捨、不急不徐、不鬆不緊的心理狀態。但是練習久了，就不再需要藉助這種暗示了。

遊戲的時候既在念中、也不在念中，可以得遊戲三昧。工作的時候既在念中、也不在念中，可以得工作三昧。

飲食時既在念中、也不在念中，可以得飲食三昧。其餘行住坐臥等，也是既在念中、又不在念中，如此可以得食、衣、住、行、坐、臥的三昧。

三昧的另一個名稱是三摩地，它的意思是對生活中某一個層面的現象，獲得完全而圓融的了解，並達到自由解脫的內心境界。

05
善法

善法包含道德的善、知見的善、行為的善。
在圓滿自我實現之前，所知所見仍有缺失，
不完美，所以生活和工作有缺失，有煩惱。
這是因為一方面判斷和決定的能力有缺陷，
而另一方面據以判斷的知識亦不完善、不正
確的緣故。

亞里斯多德（Aristotle, 384-322 BCE）説，真正的
幸福是美德的實踐，是無間斷、合乎中道的行為。一
天如有八小時依完美的知見做完美的判斷，並具體實
行，則此人有八小時是完美的。一天當中完美的時間
愈長，幸福也愈多。

佛教的密行是持續不斷的、每分每秒的善思善行。密
行不是抽象的概念或言辭。自我教育，是把這樣看似
自制卻是幸福的時刻，予以延長、擴大，每分、每秒
充滿生活的所有的情境。這是幸福人生的路徑。智慧
乃是知識，觀念，實踐和反省的循環加溫的過程。

06
俗事和修行

即使日常生活非常簡單化，許多事情
還是不能避免的，因為生活於人間，
無法完全免俗。而治理俗事，也可以
成為修行的道場。

身體、語言、意念

三方面的淨化，細密的修正，
可以使生活的各個領域都進行
得順利、無礙，

逐漸達到完善。

我們可以把生活的內容，分為三類：工作，休閒，日常事務。在
這三個領域，我們都有學習的機會，都有機會能夠成長、成熟。
每天的生活，往返於不同的領域，不但可以自我成長，而且可以
做出對他人、眾生、社會、世界和文明種種有貢獻的事業。

以般若智慧的精神來生活，就可以做到沒有分別心（無二）、生
生不息（超越生滅）、不貪求（無所得）。因為休閒，增強了工
作的能量；因為工作，而有餘裕得以休閒；因為妥善處理日常事
務，使其他的工作更為方便順利，獲得很好的支援。

07
貢獻

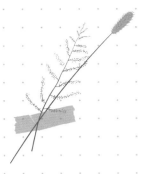

生存意義的擴大，始於覺醒，
落實於具體的貢獻。

在行為上樹立好的榜樣，影響家人、子孫、學生、鄰居、鄉里和社區，甚至整個社會，產生模仿、學習，增益擴大德行的效應。一般的善士，有一兩樣美德，即可產生好的影響，例如慈愛、孝順、寬容、安忍、精進、說好話、正直、清廉、成人之美、無私、熱心服務、勇於創新等等。求一完人不易，但求一二美德之士不會太難。媒體多發掘報導，可產生移風易俗的作用。事雖微小，卻能產生連鎖的成果，影響力不能小覷。

對人類社會做出具體的貢獻，例如發明可以治療癌症的藥物，一定是一件了不起的事。即使只是改善社區的排水系統，以預防水患，對當地居民來說，也是攸關生命財產的大功德。當政者有好的政績，辦學者有好的教育行政，教師有好的教材和教學法，都值得讚美。事無大小，若能依每個人能力所及，盡心盡力，獲得具體的成效，對他人、家庭、社會、國家及世界，做出貢獻，即是功德。

在思想、觀念、技術、情意、文化等領域，藉著各種表達的工具，例如文字、語言、繪畫、音樂以及其他各種現代的新科技和新工具，產生影響。由於新科技的發明，使得傳播的速度和力量更為廣大而快速，瞬息之間，無遠弗屆。以文字為宗教立言，在佛教稱為文字般若。好的哲學作品一樣是文字般若。文學亦然。

08
生活的波羅蜜多：
以駕駛為例

　　「波羅蜜多」是梵文的音譯。它的意思是指做一件事情，從開始一直到圓滿完成的過程。所以它是一個動態的過程的描述。但是，更重要的是，它也意謂著把一件事情做到完美的、圓滿實現的境界。

以生活中開車為例。如果學習開車，從開始上課、實地練習，到考取駕照，可以描述為「學習駕車的波羅蜜多」。

但是這種波羅蜜多，不等於「駕車的波羅蜜多」。所謂駕車的波羅蜜多應該包含駕車的技能、駕車的品德、以及駕車的紀錄，三者都達到完美，才能說是「駕車的波羅蜜多」；換句話說，此人駕車的技術很好，此人駕車的修養很好，還有此人駕車的交通紀錄很好，這時可以說他得到了駕駛汽車的波羅蜜多。

這只是舉一個例子。也許一個真正好的駕駛還需要其他的條件，那麼就要把那些條件也加進去。如果合乎這些條件，我們可以說他是一個真正優良的駕駛：兼具了駕駛的知識、智慧、技能和品德。這是一種難得的波羅蜜多。但是不止於此。

真正的優良駕駛，不會以自己純熟的技能
和完美的紀錄而產生傲慢心。他不會因此
自滿，以此炫耀，也不會因為良好的駕駛
技術而有恃無恐，或輕忽放逸。技能須與
智德結合，才真正稱之為圓滿。

所以，駕車的波羅蜜多是智、德、能的合一，其中有持戒，
即遵守交通規則，尊重自己和他人之生命及活動的空間。有
慈悲，以同理心去了解其他駕駛人和行人的心理和感受；能
夠禮讓；停車之時能考慮到他車及他人進出及活動之方便；
行進時能保持適當間距；超車時注意安全；適當使用遠光
燈，如前面有車，無論是迎面或同向，都應切換成近燈；不
應任意變換車道而驚嚇、威脅到其他車輛；不可無視於紅
燈，橫衝直闖，危及他人及自己的生命、財物等等。

09
交通守法和
道路工程

能否遵守交通規則，
確實是現代人品德的
試金石。

漠視交通規則或不遵守交通規則，
一旦成為習慣，進而變成反射動作，
則很難在緊急狀況時做出正確、適當的反應。

很多大錯都是小小的疏忽、漠視，或一時貪快、貪圖方便造成的。

不論騎車或駕車，如果上路時能夠如履薄冰，戒慎恐懼，專心致志，心存戒律，同時對於他人，多一分慈悲禮讓，是不是更能造就高度文明的社會？

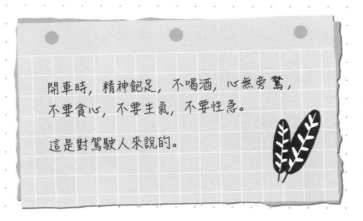

開車時，精神飽足，不喝酒，心無旁騖，不要貪心，不要生氣，不要性急。

這是對駕駛人來說的。

但是，文明的社會還需要有文明的道路規畫、設計和施工。

道路工程及交通號誌，是否精密規畫、確實施工，也是一項不容忽視的課題。

即使願意遵守交通號誌的用路人，碰上了不良、不合理的道路規畫和設計，或碰到錯亂、不清楚的交通號誌，也會手足無措、無所適從，感到無限挫折。

一個傾向於「差不多」習慣的社會，是無法產生現代化的精緻
文化的。一個先進而文明的國家，道路的建設和交通號誌的設
置，都經過周到而精密的考慮，事先會設想各種可能的交通狀
況，參酌經驗豐富的駕駛人的意見，反覆討論、修改，使設計
臻於完善。而一旦如此精細規畫完成，也一定會在實際施工時
充分反映：確實按圖施工、監工，確實要求施工的品質。

不夠先進文明的國家，會在諸如道路、交通號誌及施工上面，顯現出不確實、不精準的缺點，影響所及，是使道路使用人無法確實遵守交通規則，或有了不遵守的藉口，也使執法的單位理不直、氣不壯。如此惡性循環的結果，將使得整個社會喪失秩序、少了彼此的尊重，也失去人性的尊嚴。

所以開車的波羅蜜多的因緣條件，就要看社會各方面、各階層的共業了。

當然，在共業中有別業。欲使社會文化由惡性循環，轉變為良性循環，也需要有一些優秀的別業，以「難行、能行」的菩薩精神，以安忍的教化，從個人做起，把好的影響力，點點滴滴從生活中擴散出去，以產生加速良性循環的效果。

10
財富與價值

財富和其他的人生問題一樣，基本的關鍵
還是在於人心。觀念和欲望，是人心之有
關於財富的兩大因素。

觀念包含價值觀，即是認定某一件事或某一物是否有價值。

若有價值，其價值有多大？這包含某一事物與另一事物之價值大小的比較，以及一系列事物之價值的排行順序。

例如，在某一種情境之下，金錢、健康、名譽、公義、道德、法律等價值的優先排行次序。如果在健康可能受到損傷的情況之下，是應先花錢求醫，或優先保住財富？

在財力許可之下，自是應以就醫為上；但是若財力不足，是應借錢就醫，或放任病情惡化？如果連借錢也借不到，是否可以偷錢來就醫保命？這種種情況，都牽涉到所謂價值判斷的問題。

分析喜愛財富的心理，第一，是積聚的心理使然；喜愛擁有，擁有愈多，愈有成就感，愈能顯示自己的成功和能力，也愈有安全感。此種擁有的心理，源於自我的觀念，對自我的執持。大抵自我執持越深者，自信心亦越不足，因此而有不安全感。他們遂以為能積聚越多外在的金錢財富，則越能保障自己，能免於饑寒匱乏，免受欺凌，能增強對他人的操控力，增加對社會團體的影響力。有些人確實有這樣的心理。

然而，如果徒有財富，而缺乏正確知見、智慧和慈悲，則財富未必能帶來平安和快樂。如果取財方式不正、用財方法不當，或甚至以財富為手段欺壓、剝削他人，為害社會，則不但害人，最後也一定會害自己：理性蒙垢，良心汙染，心靈沉淪，生命退墮。

其次，有些人認為有了財富，便可以把財富轉化成名聲、健康、權力和地位，並能享受豐厚奢華的物質生活，獲得感官欲望的滿足。如果其他的條件相等，財富確實能有助於醫療和身體的保健；易於結緣；易於營造以獲得權力和地位的條件。無可否認，財富也確實可以買到好的生活物質，增益生活的方便和享受。當然，獲得是一回事，能不能持續又是另一回事。如果才德不足，名聲地位和權力都會得而復失，無法長保。

佛教指出，財富與物質生活的豐足，是先前福德善因的結果，是過去正面因子所產生的正面結果。有此善果，如能加以珍惜，並且結更多的善緣，種更多的善因，則可使豐足的生活繼續長久維持。但是如果心存貪欲，不循正道，那麼先前種因的福報，在享盡以後，便無以為繼。如果此時有不善的身、語、意的行為，不久的將來難免於苦果的產生。

生活的快樂和幸福，需要具足多樣的條件，單有豐厚的財富並不具備充足的條件。例如，有財富不一定有內心的平靜；有財富不一定比較有安全感；有權勢不一定良心平安；有舒適的房舍不一定有安穩的睡眠；有富裕的生活資源不一定有和諧的夫妻親子關係；有美食卻不一定有健康的腸胃。凡此種種，都說明了快樂幸福的生活，是必需有多因多緣才能成就，而不是光有財富一項即可達成。

一般人認為有財富，可以做更多的善事，或比較容易實現自己的理想。例如可以辦學校，推廣社會教育，濟助更多貧困學生，興辦醫院以平價造福貧病者等等。也有人認為，財富與權力一樣，容易使人墮落腐化，故應視之如蛇蠍。此種看法難免矯枉過正。沉迷於財富，或畏懼排斥財富，似乎都偏離了中道。財富是中性的，以正當的方法取得，是淨財；真正的富有者，善用金錢：用於學習，用於布施，用於造福社會，用於教育，用於創造文化，用於各種有意義的活動。

亞里斯多德認為財富可以有助於幸福的生活，但只是助緣，真正的幸福在於恆久、無間斷的美德的實踐。

像柏拉圖（Plato, 428/427-348/347 BCE）等哲學家，因為不虞生計，所以得以專心於哲學思考，並首創西方教育史上第一所學院。大多數有成就的哲學家，雖都不是成長於窮困的環境，但也不是特別富裕。維根斯坦（Ludwig Wittgenstein, 1889-1951）富可敵國的父親留下非常可觀的遺產，但是他毫不猶豫放棄他應得的部分，仍然過著苦行的生活。大凡哲學家注重的是內在的精神的富裕，而不在意、也不願意花費時間及精力去經營財富，他們只要有個寧靜的空間，即可以在內心世界創造華美的智慧花園。

有些社會改革家和慈善家，也不一定有雄厚的財力，卻能奇蹟般營造出一片片人間沙漠的綠洲。有些宗教家甚至只憑著願力、慈悲、信心和智慧，即能開創人間淨土，令人嘆為觀止。由此可見，實現善願和理想，雖然需要金錢，主要的卻是願力、福德和智慧。財富在某種意義來說，是一種果，一種助緣，卻幾乎很少是創造善果的主因。

11
求財之道

想求得財富，需具備充足的條件。例如勤奮工作，誠信，優異的專業知識能力等等。如果工作勤奮，態度和售後服務好，童叟無欺，技術或產品使顧客滿意，口碑一傳開來，想使生意不好也難。如果能夠繼續保持這樣的條件，並且在生活和私德上謹慎檢點，不賭不毒，不亂投資，不浪費金錢，那麼他的財富自然會逐漸累積。

這時他還要學會布施；要遵守法律和道德的規範；注意健康；照顧好父母家人。另一方面，還要不斷的進修；要注意外在環境的變化，適當因應；甚至要發揮創意，在工作品質上力求改進；要建立良好的人際關係和社會形象；管理好自己的情緒；妥善明智的運用錢財，那麼他的財富自然可以長久保持豐足無虞。因為他能長久保持各種善的因緣，所以也能長久維持豐足的財富而無失。這是以正確的因、緣、果的方法，以正確的認知理解為基礎，所建立起來的財富哲學。

有人以為單純地把錢儲存起來，自然會累積財富。在算術的理論上看起來是如此，而且有時這也不失為一種累積資本的方法。不過，世間事往往不是如此簡單。因為這社會本質上是一個人與人之間互相激盪的所在，有許許多多可見和不可見的、可預見和不可預見的變因，隨時影響著我們。

有些工作、職業或職位，被稱為金飯碗、鐵飯碗，表示這些工作或職位，一旦獲得，便不易失去，而且有固定豐厚的收入。擁有這類工作，就如同擁有源源不絕的財源，像會生金蛋的母雞一樣。有這種職位的人，等於有穩定的財富流入。

有些有良好專業能力的人，一技在身，財亦隨之，如果加上良好的工作態度和誠信，則無論走到那裡，都受人歡迎，不怕沒有工作，自然也不怕沒有金錢的收入。這種人本身即是財富。

所以，今天的世界，雖然生存競爭越來越激烈，人浮於事也日益嚴重，但是能結善緣，有能力，有良好的工作態度和倫理，熱忱、虛心、謙和、負責、可靠誠信的人，都能夠適者生存，在競爭中成為優勝者。

即使繼承大筆遺產，如果無德無能，也會很快千金散盡，淪為貧困。

精於算計、長於謀略欺詐而缺乏誠信者，雖能得逞於一時，獲得許多金錢，卻不久奸計即被識破，不但金錢得而復失，而且名譽信用掃地，為社會眾人所摒棄。如果從事非法勾當，亦終將受到法律的制裁。

12
財富的種類

財富有許多種類。古代遊牧民族以牛羊頭數的多寡代表財富。後來以物品積蓄的多寡,房舍和舟車的大小多寡,金銀財寶的多寡,為財富衡量的標準。有了紙幣和有價證券以後,則以銀行存款、股票及其他證券之多寡,房屋土地的數量及大小,為財富衡量的標準。

> 財富雖有客觀的計數方法,但是財富的比較,也有其相對性,例如知足者總自認富有,不知足者即使擁有萬貫家財亦不滿意。和比我富有者比較,我是貧窮,但和比我貧窮者比較,我卻富有。

以主觀性來說,每個人所希求的財富種類和多寡都不一樣。財富除了物質,亦有精神的財富、心靈的財富、思想的財富、慈悲的財富、快樂的財富、智慧的財富、平安的財富和健康的財富。有的人對物質的財富所求不多,但非常重視內心的平安或生活的悠閒。有的人會捨物質金錢的追逐,而愉悅於精純的理性思維的天地。

物質的財富若不能轉化為
精神的財富，則或流於俗
氣、放逸，或衍生許多煩惱
而難以排解，都不是善法。

所以，財富有物質的層次，如珍寶、金錢、房舍、土地、古董、有價
證券，以及其他的動產和不動產。財富也有精神的層次，如豐富的知
識，分辨是非善惡及做出正確判斷的理性和智慧，邏輯推論及分析
綜合的思想能力，創造力，內心的愉悅，閱讀及聆賞音樂的快樂，內
心的自在解脫，內心的平安寧靜等，這些都是財富。這種財富雖然無
形，卻能帶給我們無限的幸福喜樂，超越物質和感官的滿足。

另一種是能生出各種財富的「能力」，例如專門知識和專業能
力，企業經營管理能力，歌唱及表演能力，寫作及翻譯的能力，公
關、協調、說服、折衝的能力；由於這些能力能生出財富，故可稱
為生財能力。

有一類能產生、協助產生和維護財富的人品和人格特質，可以稱為
「財富性格」，例如生性好施，廣結善緣，做事謹慎又有創意，
有恆心毅力，眼光遠大，能吃苦耐勞，誠信負責，虛心納善，能
安忍，能守戒等等。這些人格特質和修養是產生並維持財富的根
本，也是源泉。

生財能力使人獲得財富，而財富性格則除了在根本上形成獲得財
富的各種因緣，使之具足以外，並能贏得尊敬、名聲、道德和幸
福。任何人想經營人生以獲得財富，除了具備生財能力，更要培養
財富性格，否則也只是「有漏財」，仍會帶來煩惱痛苦。

13
物質與精神
的結合

物質財富固然為人類生存和生活所必需，但是人類物質的欲望，往往遠超過真正生活的需要。「生存」的必需，是為了維持生存，要求最少。「生活」所需，則尚須考慮社會的禮儀、適合社經地位的形象、人際交往的需要等，即是考慮到人間性、人文性和文化性，所以物質的需求多於生存所需。即使如此，一般人仍會以為自己需要得更多。這可能是由於無常感，缺乏安全感，也可能是由於習慣，或追隨世俗的潮流，或因為貪心。

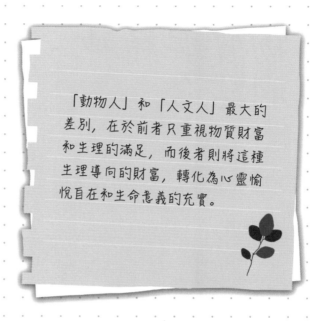

「動物人」和「人文人」最大的差別，在於前者只重視物質財富和生理的滿足，而後者則將這種生理導向的財富，轉化為心靈愉悅自在和生命意義的充實。

並非人人都能以精神的財富為滿足，但是文明的真義，除物質科技的進步，還有精神生活的豐足，二者缺一，難以形成真正的文明。在教育上我們要培養文明人，須以精神生活的價值為主要指標。即使物質生活和科技的領域，仍需要以精神文明的精緻化和人文化，增添其光澤和價值。

文明人的物質與精神意義應是合而為一的。物件的功用在於完成崇高的人生意義。物件的外表和形式需有人文的關注和觀照，才能成為真正有價值的存在。

Part 2

生命

14
細菌和其他

曾經有一段時間，天天到醫院陪伴母親。身體一向很健康、很喜歡旅行走動的她，突然生病住院，緊急開刀，母親平生首次進入手術房。

看見慈祥樂觀而虔信佛教的母親，靜躺在病床上，受著病魔分分秒秒如凌遲一般的折磨，內心十分不忍和焦急。想著《大般若經》裡的話，生、老、病、死、愁、歎、苦、憂、惱，全在這小小的病房、可以透進夏末風災過後的陽光的角落，那麼鮮活地向我開示，我是那麼震驚於生命之流轉的奧理，那麼懊惱於自己許多的疏忽和漫不經心，但是，再多的懺悔亦無法讓空性的時間逆轉。

唉，時間本來就是空，既沒有來，又如何會有去？既無向前流逝，又那來向後逆轉呢？

原來人體有那麼多的細菌。生活的環境中也有
那麼多的細菌。醫師說，有些細菌是很毒的，
要用很強的抗生素來對治。但是細菌又有所謂
的抗藥性。人一旦衰弱了，疲倦了，免疫力也
跟著降低，身體竟成為細菌活躍、肆虐和搶奪
的地盤。

在生活的環境裡，瀰漫著許多我們肉眼看不見
的有情無情的存在，就像細菌一般，有些是善
意、中性的，有些對人卻是有害的。我們的心
是自性空，本無固定的聚集，是許多心念的聚
集，這些心念在我們的腦子游走著，在我們的
胸臆游走著，也在我們身體的每個細胞及細胞
間游走著。當我們的心灰暗了，光亮游離；我
們的心冷淡了，溫熱游離。當我們放棄了，一
切的分子也全部游離。我們被空無淹沒了。

人在宇宙間載浮載沉，有時優游自在，有時如鴨子划水，有時則只得任由湍流牽引而行，顯得那麼無可奈何。飛翔是許多人的夢，任意翱翔不受拘束更是許多人夢寐期盼的理想。何時，我們可以自主的、快慢自如地飛過星空，穿越層雲，隨意駐足，復任意啟航？何時，我們可以一覽眾山小，無限江河草原盡在腳底？何時，我們可以將一切的資源，做最好的利用，包括細菌在內？

15
感恩

生命似乎從未知的古早以前，就已經存在，而且將繼續存在下去。但是為何存在？如何存在？這些問題仍有待智者給我們解答。

科學的探究，逐漸擴增了人類的知識。為了解答一個問題，有時會發現更多的問題。人類對於此種現象並不煩心，因為科學家和哲學家，天生就喜好研究和了解問題，他們不斷探尋、追索、深思，樂此不疲。對未知世界的探索，似乎正是他們的樂趣和職責所在。

探索的方法之一，就是廣提各種可能的假設，然後一一予以驗證或否定。但是由於實際佐證資料之不足，有些驗證的工作亦大抵只能停留在推論或推想的階段。

全知者，能知道一切因緣、一切存有、一切關聯，所以能知道一切問題的答案。這種全知，依據佛經所說，是漫長時間修行所產生的水到渠成的成果，並不是強求而來。能夠修行到這個境界，邏輯思考能力已經達到完美，知識的領域已經達到無限，基於慈悲和理性的各種智慧的判斷也已經臻於無上。能修行而達到這個境界，自然能夠了解諸如「人為何存在」這一類的問題。

佛經記載佛陀的話語，對於這類問題有許多解說，例如，生命的存在，相對於一期的生命，要長得多，而生命的存在形式的轉換，也多到數不清。這是對於生命流轉的如實描述。以現階段人類生命期大約百歲而言，與個體已生存的時間相比，實為百萬分之一、千萬分之一、億萬分之一都不到。這百歲不到的生存，充滿著煩惱和痛苦，對許多人而言，每分每秒都是那麼艱辛。但是以此百歲的苦惱和艱辛，與整個生命流轉之苦比較，卻又如小巫之見大巫。不過痛苦似乎沒有大小之分；痛苦就是痛苦。

生而為人，有義務過著愉悅而感恩的心。如果一般人，不能愉悅於燦爛的陽光、香醇的咖啡、甘美的茶；不能愉悅於閱讀、旅遊之樂趣、飲食之知足，那麼真正受苦的人，又將何以自處呢？

所謂快樂，是對於已經擁有的，能珍惜、欣賞；是對於已經成為我的眷屬者，能聆聽，發現他或她的長處、美好。即使面對各種情緒言語的風暴，也能給予同理和關懷的微笑。

苦與樂乃是相對的感受，不是絕對的；是變遷的。《道德經》說，飄風不終朝，驟雨不終日。

佛教說，活在當下。當下可以做許多事：把過去的苦做一個終結，把現在的情境加以改善，同時尋思如何去開展一個較好的未來。

每一個當下，都包含有「接納現實」以及「創造新現實」的契機。這是知足的意義。

知足不是停滯不前，也不是不再精進，而是接納已經形成的現實，無怨無悔，然後在這基礎上，開始、發展新的更好的現實。

信仰上帝並禱告上帝的人，應該感恩。因為由於信仰的禱告，他獲得內心的平安和喜樂，並且學會忍耐，能發現自己的缺點，稱讚別人的優點，願意奉獻自己的能力和時間去服務別人；他在禱告中，學會了謙虛。

信仰禮敬佛陀並禱告佛陀的人，應該感恩。因為他學會如何謙卑虛心，如何在布施和精進中，做到三輪體空；他知道安忍和禪定的必要，智慧的必要，自在解脫的必要，遵守道德規範的必要；他也了解自由和快樂的真義，知道實行的方法，並且樂意去實行。

子女應感恩父母，因為父母的養育和許多的操心忍苦，因為父母的言教身教，因為父母無私無我、無怨無悔的付出。

學生應該感恩老師，因為老師教導知識技能，教導正確的人生觀和價值觀；因為老師言教身教、不求回報的教育愛；因為老師給予學生無畏、信心和希望。

父母和老師也要感恩，因為他們有幸教導子女和學生，在教導中他們成就了菩薩行的心願。

每一個人應感恩每一個人，因為我的食衣住行，我的成長成功，我的一切工作和生活的點點滴滴，都有你和他的貢獻和協助，都有你和他的付出和關心。這些我所感恩的對象，也許在我的周遭，也許在遙遠的地方；也許認識，也許不認識，但是，我感恩於你和他。

16
你要快樂

要對所有受苦的人說：「你要快樂！」對他們如此重複地說。也對自己如此重複地說。對一切在病榻受病痛折磨的人，以及他們的家人；對所有受到挫折或羞辱而傷心難過的人；對所有陷入低潮、被重重羅網困住的人。

這確實是一個不容易的人生，那麼椎心刺骨的死別和生離。親人反目成仇，朋友翻臉無義。許多勸戒的話語，這時都成了一些抽象而空洞的無力語，因為理性已被激情所淹沒，再也聽不進去任何的格言名句。所謂椎心，實即萬箭穿心，那麼長時間的折磨，有如墜入無間地獄，沒有一分一秒的休息。

換句話說，在如此轉換心境當中，可以產生一個使自己能夠
思考和創造的空間，一個新的心靈工作室。當我身處最困苦
的環境之時，也正是我最需要此一心靈工作室之時：讓我可
以冷靜反省自己和自己身處的情境，思索解困解套的、創新
的善巧分便。請記住，這正是我在人生這所學校的每日的作
業，每日的測驗，是不可以逃避的功課。

那麼多苦難的人生，無奈而突然的變化，使人心的調適無
論如何也無法跟上。尼采說，深淵上的走索者，如此戒
慎，猶履薄冰，而仍不免於時時聽聞墮入深淵者無助的呼
叫聲。這周遭，有那麼多的不幸者：識者，不識者；深知
者，不知者；深愛者，不愛者；值得憐憫者，難以引人同
情者；相關者，不相關者；我能助者，我無能助者。一切
的無力感，隨著寒冬的腳步，滲透了每一個毛孔，侵入每
一個細胞，像無數的針刺，刺進肌膚和內臟。一切的黯
淡，如烏雲覆蓋大地，遮蔽陽光，而颶風來襲，地震來
襲，恐懼及流失來襲。這時，突然有一個念頭，像暗夜中
微弱卻使人振奮的亮光，「我要快樂」！

Enjoy生活中的每一刻,每一件快樂的事,以及困難的事。Enjoy生活中的每一刻,即使那只是很短暫的一刻。盡量找出每日生活中可以enjoy的時光,享受那美妙的時光,就好像那是最後僅存的美妙時光,就像是幼兒嘗棒棒糖最後的一舔,霜淇淋最後的一口。

即使是困難重重的人生,也請試著去enjoy那解決困難的艱辛過程的美好時刻。Smile,使你的臉龐綻開玫瑰;Smile,使你的早晨都有燦爛的陽光,即使是在那陰沉鬱悶的氛圍;Smile,是你的內心在微笑,以超然的態度,看自己,看自己那笨拙的手法,細小的心眼,看自己那糟糕透頂的處境。然後,你會發現,這是一所學校,你正在接受教育,接受一次次必經的測驗,要看看你的臨場反應到底如何,及格或不及格。

生活中的enjoyment並不等於「苦中作樂」,而是要找到真正的解脫的樂趣。不是自憐自艾的心境的排遣,也不是阿Q般的自欺欺人,而是真正能看出我存在的意義,每件事的意義,以及每件事的因緣果。

並不是說只有一味的去enjoy,忽視了事件的、生活的真實。正好相反,我們是要看清楚表象底下所涵蘊的真實;要在生活的困頓中,業力的無奈中,找到其中所孕育的無限的希望和可能性。那是接納真實以後,所產生的改變命運的強大的願力。由於這種心念的改變,使我們開始去種善因,結善緣,思索解開困頓之結的善法,思索應對環境之人事物的善巧方便。

在人生漫長的試鍊歷程，以堅強的意志和豪壯的心懷，夢和關懷，才能引領我們克服一切的恐懼，走過鋼索，得到勝利和真正的自由。

17 良性的循環

一旦做了選擇,雖然發現做錯了,產生不完滿的結果,此時,除了自我檢討找出失敗的原因,以免未來重蹈覆轍之外,便是要針對已經產生的結果,盡最大的努力去補救。

這時,內心難免會後悔,甚至產生懊惱,這是自然的情緒,無可厚非,但是應加節制,不使情緒延續太久,擴大,遷怒或怨天尤人。

不要因為一次錯誤的選擇，產生惡性循環的效應，以致滿盤皆輸。因為選擇的錯誤所產生的不好的結果，應該有個停損點，不使損害擴大。應思考如何在不利的情況下，做出能使情況扭轉、或至少能控制住不利的情勢，不使延續下去。這是在不利情境中的生活智慧，也是使惡性循環能夠扭轉為良性循環的契機。這種智慧只有在平靜而不受情緒作用干擾的情況下才有可能。

所謂平靜的情緒，不是灰心滅志，是由於分析、了解事情發生的因果的來龍去脈以後，所產生的理解和領悟。慷慨激昂，固然可以產生一時的衝力，卻不能持久；消極頹唐則是逃避現實，只會使生命的基調更形低沉。這些都不是救濟的善法。短暫的低沉的情緒色調，也許不會有太大的妨害，但不宜成為習慣；長期低沉的情緒，則會變成前進的障礙。

18
生命的本質

生命是綿延不絕的;它顯現的是有生有滅的現象。既然有生起,則終究會消失;生與滅是相對而建立的。人在這一生的存在,只是生命流程中的一個階段而已。因為過去的種種原因,例如願望,所做的善事、惡事,以及非善非惡等各種因緣的組合,所以「我」出生了,出現在這段時間的這個世界。這只是「我」這個人出現在這個階段的生命的現象,但不是生命的全部。

19
生命的因緣

佛陀講述個人生命的歷史,最著者為「十二緣生法」。十二緣生是,因為有「無明」所以產生了「行」。因為「行」,所以產生了「識」。因為「識」,產生了「名色」。因為「名色」,所以產生了「六處」。因為「六處」,所以產生了「觸」。因為「觸」,所以產生了「受」。因為「受」,所以產生了「愛」。因為「愛」,所以產生了「取」。因為「取」,所以產生了「有」。因為「有」,所以產生了「生」。因為「生」,所以產生了「老、死、愁、歎、苦、憂、惱」。這個過程跨越了「過去、現在、未來」三世。所謂三世,可以是過去世、未來世、現在世,但也可以是在很短暫的時間當中的、人事物的輪迴,例如在一天當中,甚至幾個小時之內。

「無明」指的是沒有知識、沒有智慧，
對於許多事理、真理、真實不了解。
因為缺乏知識和智慧，所以有許多的
「行」為，有做對的，也有做錯的；在
對錯交雜的情況之下，所有這些行為都
被記錄在「識」裡面，成為心意識的種
子，成為個體的基因的一部分。在適當
的因緣條件之下，由「識」而產生了
「名」與「色」的結合體，即是精神和
肉體的結合，這是人的出生了。

一旦出生了，有了六種感官，即是「六處」：眼、耳、鼻、舌、身、意。這些感官與這世界的生存環境接觸了，即是所謂的「觸」。有接觸，就有互動，產生各種感「受」。

種種的感受，有的喜歡，有的不喜歡；喜歡的會想去接近，產生「愛」欲，就想進一步去獲得，就是「取」。有了好惡，就有了執取和排斥，但是喜歡的不容易得到，討厭的又很難逃避，結果就有許多事端產生，而有了煩惱和痛苦，這是因為「有」、因為事情的發生和存在（「生」），使我們產生了許多的煩惱、痛苦。因為身體或事態的惡化（老），身體或事態的破滅（死），所有的情緒，發愁，感嘆，苦惱，憂慮一下子都爆發出來了。

人出生即生長，但生長也代表衰老的開始。衰老病痛和生命是一起的。不但體力智力老化，經營的事業，緊密的感情，也都經歷著「生、異、滅」的過程，所以人生便離不開「愁、歎、苦、憂、惱」。這也難怪佛陀在描述人生時，要感歎說：「人生是苦」，又說人生是「苦空無常」。

平時過著太平日子之時，「苦空無常」雖也能朗朗上口，然而，真正深切體驗，莫過於身處其境之時。《異部宗輪論》中描述阿羅漢「道因聲起」，因為親身的體驗，所以在感嘆中，切實領悟了人生的苦，或許正是這個意思。

20
人生之苦樂

我們是否從自身的體驗、以及從普遍的觀察，體會眾生各種各樣的苦？例如自己身體的病苦；親人過世的椎心之苦；為生計奔波之苦；擔心失去職位、名位、利益之苦；為理想或理念奮鬥而身心俱疲之苦；眼、耳、鼻、舌、身、意六識熾盛、如在火中焚燒而猶不肯鬆手之苦；忍氣吞聲之苦；羞愧之苦；含恨抑鬱之苦；失敗之苦；不得清靜之苦；孤寂之苦等等。

我們也觀察人生的各種樂。但是在歡樂之後、或即使在歡樂當中，是否也預感到將以空幻收場的、失落虛無之苦？希望破滅之苦？

苦既是人生普徧的現象，可以稱為人生的共相。但是，從苦的現象的觀察和了解當中，往往也能體會到苦的一些意義。有時苦的存在，是為了造就人生。人世間每天都有許多無可迴避、逃遁的試煉。如果我們不能迎向挑戰，人生還沒有展開，就已經沒有成長的機會；這時，我們將成為未成熟即已「萎縮」的族群。

世間是由人所組成。

人不完美，所以世間不完美。

人因為不完美、會犯錯，
所以受苦。

這世間由相對的比較善和比較不善的人所組成，在人類彼此共存互動、互為影響的過程中，各種煩惱和痛苦，像空氣一樣，流散傳布到各個角落，形成共同呼吸的環境。在一個不完美的社會裡，潔身自愛者固然能減少社會的惡，增加社會的善，卻無法不受到他人或社會整體的空氣所傳播來的煩惱所波及。除非完全沒有同理心和同情心，否則他人的或社會大眾的煩惱，又如何能完全置身事外、不聞不問？想獨善其身，即使不是不可能，也是相當困難的。何況，有足夠能力的人，不也應該適當地關心、照顧別人？

21
出生

人的出生即被投入一個型塑的過程：接受既定的語言和社會規範，接受既定的文化及社會價值，在既有的教育體系下成長。

但是，人的出生不是一片空白，他在出生以前，已經儲蓄許多過去世的記憶和經驗，形成他的基因。一個人除了自己的業力，也接受了父母、家族、種族等的基因遺傳。一個人的出生，既帶著個別的基因，也帶著家族以及種族的共同的基因。

出生以後，個人又接受了新的各種影響，包括出生以後所屬的家庭、家族、種族、社會及人類共同的影響。這是在舊的基因上面又增添了新的基因，彼此交互作用，其中有衝突，協調融合，以及自我調整。如此，個人變成了融合新舊的、各種基因或業力的承載者。

22
生存的問題

人生首要是生存，
包含順利出生，

出生後獲得適當的
照顧養育，

免於疾病和其他的
危險。

人類的幼稚期比許多動物來得長。這段期間需要適當的養育，保持身心健康，養成好的生活習慣，吸收常識，啟動肢體技能，引導人格發展，做為未來發展智力和培養良好品行、興趣、態度和行為的基礎。

即使到達可以獨立生存的階段，仍然有許多威脅存在，例如流行疾病，天然災害，戰爭，交通意外，凶殺，公共安全意外，恐怖攻擊和其他。

除了天然的災變，許多生存的威脅主要來自於人為的因素。例如戰爭，常是由少數領導者的偏執、野心、貪婪和自大狂所發動，人民被迫跟從或愚昧附和。交通意外大多數由於人為，例如道路設施不良，駕駛人身心狀況欠佳，喝酒和吸毒，駕駛不當，習慣不良等。

由每年公布的十大死因，可以看出疾病對生存威脅的端倪。疾病的背後有著基因、生存環境、飲食習慣、生活習慣、思想觀念、醫療水準、醫藥科技、身心狀態、運動、文化刺激、社會影響等等因素。

戰爭的殺戮以外，還有許多凶殺發生，例如仇殺、情殺、謀財、間諜、滅口、政治陰謀、偶發衝突、誤殺、幫派決鬥等等。此外，種族衝突、不同信仰及意識型態的偏執，也激發許多恐怖事件。

公共安全事故，也多源於人為疏失，背後有著嚴重的問題存在，例如缺乏專業知能，不重視公安執行程序，任事輕忽怠慢，官商勾結，徇私枉法。由此衍生低劣的設計和不良的施工品質。在這背後，有著整體文化水準不夠精緻，以及民族的集體基因不認真不嚴謹等潛在的因素。

可憐的、不能適應社會、適應人生、適應自己的性格所造成的悲劇是自殘。還有其他的威脅，也都源於各種無知和人格缺陷所造成。

解決生存的問題，除了物質方面的食衣住行和醫療資材的生產和供應，其他的威脅主要卻是根源於人類的心性和行為。這是更難解決的問題。科學可以解決一部分，而更大的範圍，卻有賴智慧、無私、有能力的各階層各領域的領導者，以及人民普遍的自覺和教育，從根本來解決。

23 死亡

生存的相反是死亡。生存與死亡是一體的兩面。維護生存固然是一個嚴肅的課題，而面對死亡則又是另一個嚴肅的課題。

生與死輪序，死之後有生，生之後有死。死是一個階段之存在的結束，也是另一個存在的開始；它不是生命的結束。

死亡這個辭語是人類所創造，表示地球上任何生物之一期生命的結束；它是此時此地此一辭語的操作性定義。

死亡的擴延性意義則涵蓋了「希望的破滅」，「可能性的消失」，「永久性的否定」，以及此時此地之形體的消失等等。這些義涵聽起來有點嚇人，但事實上死亡只代表某一階段的生命現實性的終止而已。

死亡的擴延性定義，尚包含了「此一生命階段之苦與樂的結束」，「此一階段生命所執持的名利、地位、事物和眷屬的崩離」。死亡是對於「習慣」很大的衝擊。人習慣於和特定的人生活在一起，習慣於既定的生活方式，習慣於自己的歷史和自我的形象，習慣於一向所扮演的角色，習慣於正在進行中的各種各樣的可能性。那些曾經屬於自己的財物及地位，在死亡之時消失了，但是曾經做過的好事所產生的功德會存續；修得的慈悲和智慧會存續。

而在另一方面，死亡並不代表原來的困難、無知和煩惱會隨著消失，也不代表錯誤和罪行會一筆勾消。「業」不會因為死亡而一了百了。

死亡也衝擊了自己所發展而形成的恆常觀。為了維護存在的恆常性，有了患得患失的心情。由於搖擺於悲觀和樂觀之間的忐忑，人類對於死亡產生了恐懼。對死亡的恐懼，不是由於「死亡」本身，而是死亡所代表的義涵，是因為死亡將會產生一個新的現實以取代現在的這個現實。對於死亡的恐懼之根源是，被迫去否定當下的現實，去面對一個陌生的、未知的新現實。

24
初始一念，
無與有

在結合生命歷史一切現實的經歷和記憶以後，

所形成為龐大臃腫的「自我」，

在瘦身有成以後，

就恢復到初始那生命的核心「一念」。

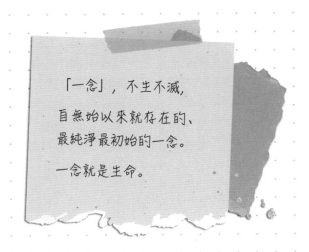

「一念」，不生不滅，

自無始以來就存在的、

最純淨最初始的一念。

一念就是生命。

《道德經》説：「有生於無」。但不是虛無或空無的無。任何存有，都不可能從無產生。所以宇宙一開始，一定有個很微妙的有，只是無形，沒有定形。它能變現、化生一切；能不斷化生許許多多存在於虛空。虛空是時間和空間。在虛空中的所變現的各種結合的存在，即是「有」。能招集、結合各分散存在的力量是「念」。「念」常被解釋為「精神」或萬法唯識的「識」。「識」能結合散處的存在，產生了「有」，此則符合緣起的原理。

但是此「念」來自何處？念是佛性嗎？是聖靈？佛性又是從何而來？聖靈由何而生？假設沒有一種存在是從無當中產生的，那麼原來是無，便永遠是無，不可能從無變成有。我們必須假設，宇宙中沒有真正的無。那就是説，從有宇宙、有時空以來，甚至更早，就有兩種最為根本的存有存在著。一是屬於精神的念或識，另一即是屬於物質的細小的存有。前者可以結合後者，產生各種各樣的有。

25
生命永恆
與斷滅空

但上述的論證需要事實。足以支持論證的事實仍有待發現。甚至無法證明生命是否真正永恆不朽。但是相信生命的永恆，才不會陷入一切終將成為空無的虛無主義，一種完全沒有生存意義的恐慌。

人類如何能夠接受生命只有一世，而這一世的生命結束，一切都將化為烏有，完全沒有未來世的結局？人如何能接受這種這一世的生命結束，就不再有生命存在的斷滅空：一切的可能性、夢想和希望，一切的因果，都終將結束？

斷滅空的結局也等於宣布，現世的一切倫理道德和教育完全虛幻，毫無意義；比虛擬幻境更為虛幻。斷滅，是對於有史以來的一切文明的、一切社會和進化的努力，根本的否定。斷滅空否定了生存的所有的意義。而這是說不通的，是完全的荒謬，除非生命完全是一場荒謬的虛幻。

生命之是否永恆，預設了生命的意義問題。先肯定這個命題，才能談論此生或彼生等等生存的價值。否定了生命的永恆，即否定其他相關的談論。這項事實強力支持了生命之永恆的立論。

26
選擇和
轉動因緣

人生是一連串的選擇。

差別是有的人審慎於選擇，而有的人則否。

人從可以做選擇開始，便不斷在選擇。

選擇是一個接一個發生的，在生活中從沒有中斷過。

　　不審慎於選擇者，或隨興之所之，隨環境力量
之所之，隨旁人所言所行之所之，隨習慣之所
之，或者茫然不知為何如是選擇。

不審慎於選擇者，不隨智慧，不隨深思，不隨智慮，所
以不能說是真正的隨順因緣。所謂隨順因緣，是在現實
條件限制的考量之下，做出雖不一定滿意卻是最好、最可
行的選擇。隨順因緣是智慧的表現，所以不是隨因緣轉，
而是隨著現實的因緣去轉動因緣。不能隨順因緣即逆因緣
而行，即不可能去轉動因緣。逆因緣是昧於現實，空有想
法，卻缺乏方便善巧，所以困難重重，阻礙多，事倍而功
半。因為不能借力使力，所以煩惱多而事難成。《大般若
波羅蜜多經》卷39說，菩薩摩訶薩不能行方便善巧，即
不能得般若波羅蜜多，縱有加行（努力作為），亦不得解
脫，即是此意。

不慎於選擇者，於決定當時，也許一時快意而輕鬆，大
多在事後嘗到苦果而後悔。此時怨天尤人，把失敗或痛
苦歸咎於上天，或責怪他人。缺乏自省，是由於沒有自
覺的緣故；沒有見到自己遇事的輕率疏忽，智慧的欠
缺，人格的缺陷，或生活態度的不理想。持續不慎選擇
的習慣，會使人生活在一連串錯誤的、或有時僥倖摻雜
些許正確、卻大多仍是不理想的人生的旅程當中。這樣
的人生難免跌跌撞撞，有時似乎賭對了，會有起色，但
是不旋踵，又跌落了。更令人印象深刻的是，如此人
生，對他而言，習以為常，遂以為此即是人生的真實，
生活的本質。因此而嘆說，人生是無常的，是荒謬的。
他不了解這一連串生活事件之因緣果的關聯。

因為缺乏知識和智慧，陷於無明所開啟的無止盡的流轉之中。但是即使在無明流轉的過程，人仍然可以改絃更張，停止無明。

廣義的抉擇包含「不選擇」在內；不選擇是一個選項。不選擇或不作為也是選擇。這項事實使得選擇的含義無所不包：任何一個決定，或任何一個不決定，都是選擇。

每一次選擇，在選擇的那一刻，把生活世界二分：此或彼，是或否，要或不要。有些選擇的情勢，使人必須或被迫快速做出決定。如果在這緊急的當口，沒有做出快速的反應，立即的決定，那也是一種選擇。

從人生選擇的遊戲退場，有時是認輸，有時是對於世間大家共同接受的遊戲規則表達輕蔑或否定。這種輕蔑或否定，有時也會傷害他人的尊嚴，激起情緒的波瀾。這種退場，也是對人生整體性的選擇。

人藉著這一連串無休止的選擇，鋪陳了生活的表與裡，顏面和實質，構成了個人的生活世界和傳記歷史。在此，人有意或無意地、出乎意料之外地遭遇到困難阻礙，或者一帆風順，或者兼有順逆二者。其中有苦有樂，有順心有煎熬，有生氣悔恨或暗自慶幸，不一而足。事實上，每個選擇都會產生連鎖性的效應。對於未來的、比較遙遠的結果，比較難以逆料，除非步步為營，掌握好每次選擇的分寸拿捏，密切注意到事情發展的每一個步驟，同時，還要把許許多多的意外算計在內。但是既稱之為意外，又何能如此精準算計呢？

亞里斯多德認為持續性的、完全合乎中道的選擇，才能保證人生的幸福。所以他認為幸福是由合乎中道的一個接一個的智慧選擇所串連而成，其中每一個連鎖的結果都是正向而可欲的，由於沒有例外，所以沒有失敗，沒有缺失，因此人生能夠完全幸福。他認為這是智慮選擇的結果。

不知如何選擇而隨便或盲目選擇，仍然是一種選擇。
總而言之，選擇包含(1)無明或無知的選擇；(2)經過思慮的審慎選擇；(3)雖略有覺醒但仍失之於輕率的選擇；以及(4)不選擇。

如果被迫做選擇，例如生命受到威脅而做選擇時，他仍然可以選擇順服威脅以保全性命，或選擇不順服威脅而寧願冒著失去生命的危險。

嬰幼兒在心志上，也許已經有善惡或願不願意等的覺知，但是受限於語言表達能力和行為能力，便缺乏選擇的能力和自由。

因為業力而出生，也是選擇，因為無明的業力，是過去種種選擇累積的結果。所以，不能說，因為受到業力流轉的左右，便認為這不是我的自由意志，不必對自己的行為負責。業力來自於我過去的行為，不是上天或他人所加之於我。我現在無法做明智的選擇，是由於過去一連串不明智的選擇所造成的後果。由於先前許多不明智不恰當的選擇，與我的性格及能力互為因果，因而繼續影響我的判斷、抉擇的能力和意志力。這是無始以來，因為無明而開啟的業力的流轉。

Part 3

知 識

27
求知與知識力
的重要

知識的知可以解說為動詞，即是知道的知，
或認知的知。人天生就有想去知道的欲望；
可以說，知是天性，是人生下來就有的傾向，
無法、也不應阻擋。

壓抑這種天性，阻礙它的發展，不但違反本性，而且
有害。有求知欲，是健康之人。人如果後來變得沒有
求知欲，多半是因為受到壓抑的緣故。有人生來身體
雖有缺陷，但求知欲依然可以旺盛不減。

求知第一是為了求生存。在原始社會或更早的洪荒世界，必須有知的能力，無論是經驗的知，推論的知，或是直覺的知，才能在危險的生存環境中存活下來。在現代文明的社會，人們一樣需要有足夠的資訊才行；再配合敏銳的嗅覺、深入的觀察、冷靜的頭腦和明智的判斷，才能在激烈的生存競爭中，運籌帷幄，決勝於千里之外，以智取勝，以正理、實力服人，成為生存的「適者」。

無論古代或現代，真正強而有力者，必具備豐富的資訊；他們自制、理性、冷靜、清醒，具有分析綜合及研判的能力，能做出最恰當的決定。即使是最先進的工具和現代科技，也需要有知識、智慧和能管理情緒的人來使用，才能發揮最大的效力。

發展人的求知欲，是人性的「實現」，也是自然的行為。能夠求知，正是隨順天性、順應自然，使人滿足愉快。阻撓求知，便違逆了自然。面對求知的障礙，有的人會排除萬難、克服阻礙，一心一意，勇往直前，那正是這種求知天性的強大意志力和勇氣的顯現。

求知的欲望，自嬰幼兒開始，即已熾然盛矣，善為引導，終其一生可以維持不退，而此人也必身心健康，充滿信心，飽滿著生命的活力。故嬰幼兒至兒童階段適當的啟發引導，至關緊要。求知是實現、完成人類的天性，也是為了完備人的功能，具足實現人存在的本質。

有智力者，才是最適生存者，過去和現在如此，未來也必如此。個人為了生存，必須發展個人的智力；團體為求生存，必須集合眾人的智力；國家為求生存，必須培養國民的智力。

一個人如果想使生活過得幸福美滿，首先就要了解人生，了解生活，獲得和生活有關的各項知識，而且是越豐富、正確越好。對於生活不了解，缺乏必需的知識，卻想過得健康而快樂，是有困難的。

如何才能獲得與生活有關的各項必需的知識？基本上，這要靠適當的教育和學習才能得到。所謂學習或受教育是廣義的。最方便的當然是接受現代的學校教育，雖然學校的教育不是毫無缺點。少數特殊的例子是在學校以外的地方學習，自學，或很早即進入社會、接受社會的磨練而成就。

在接受教育的過程中，學習者要敏於觀察和體會，磨練認知和思考的能力。要虛心，盡量吸收各學科的知能。學會分析、綜合和重組，把學得的材料融會貫通，並和現實生活密切結合。

至於要了解整體人生的性質，還得花更大的工夫、費更多的精神去反覆思索。例如，我們可以從個別的事件和現象去觀察和體會，從自身感受所得的資訊加以分析，也可以從聽聞而來的理論和說法、見解去思索辨證。人生現象如是繁複，所以學習去知覺、理解、感受、思索、辨證，涵蓋各個不同的樹木，並且連貫到整體森林，都是有必要的。

求知不捐細流，但是不執著於瑣細，以免不見全貌，或忽略了瑣細與瑣細之間的關聯。求知也不要流於大而化之，認為細節無關緊要。到底，巨大成於細小，細小合成巨大，細和大都要看到。

佛法中說到「一切智」，是了解個別的人、事、物；是對於一切個別存有的了解。又說到「道相智」，是了解各個部門和各種不同途徑的內容、方法和訣竅，也可以說是對各門各類有系統的知識的了解。復說到「一切相智」，是了解各個不同現象所呈現或代表的個別與共同的意義。一切智是聲聞、菩薩和佛共有的智；道相智是菩薩和佛共有的智，一切相智則是佛智。又有「一切智智」，也是指佛智；一切智智包含了一切智、道相智和一切相智。

從理論上說，要獲得「一切智」是做得到的。但是實際上做起來，要講求方法。如果完全依賴自己去觀察理解，去對每一事物加以「格致」，可能花費很長的時間，仍然只能觀察和理解到一部分事物。但是，這並不是說「格致」不重要，格致以外，還要兼用其他的認知方法。這些方法包括歸納、類推等。

在有了相當多的觀察和類推以後，人的知識豐富了，對於各門各類各派的知識、理論和主張也有了認識。這時，他不但知識領域擴大了，他的知識也逐漸連成了一片，由點而線而面，覺察到類別與類別之間的關聯性和互補性，以及它們之間的互相啟發性。這時，他進入了「道相智」。

28
朱熹的大數據

回頭來說「格致」。宋代大儒朱熹 (1130-1200) 說格物以致知，意思是說透過對人事物的觀察、研究、探索，以獲得知識。

但是只對眼前接觸到的人、事、物來觀察、研究或探索，只能了解出現在眼前的目標。但是透過歸納和推論，則把具相同性質的和不同性質的做區分。所以歸納包含分類。雖未親見親證，但可以同理而推知，如此可加速一切智的獲得。這時獲得更多的樣本是重要的，這即是現在受到重視的「大數據」。大數據不是今天的產物，朱子所提倡的格物致知可說是古代的大數據。他天天格物，就是蒐集數據，只不過當時沒有電腦，所以王陽明依照他的辦法去格物之時，覺得緩不濟急，轉而提倡心學。兩位聖賢各有方法、各有所長，都是致知，但是方法不一樣。

29
窮盡和不窮盡
的類推

類推要注意是否窮盡的問題。如未窮盡，則我們只能說
「可能如此」，將類推的結果看成一個可能性，而不可
以說「一定如此」或「絕對如此」。科學家了解這一
點，所以常說是假設。有些科學上的「定論」，過了一
些時候，因為找到新的不同例證或例外，而被推翻了，
或被新的「定論」所取代；而這些新的「定論」可能不
久又被另外新的「定論」所取代。這是因為實例不窮盡
的緣故。如果實例不窮盡，則不能產生確論。

對物理現象的認知如此，對人事的認知
也不例外。人與人之間的誤解或誤判，
往往來自於不完整的類推，所以是有漏
失的，即是佛法中所說的「不清淨」的
推論。佛法所說的不清淨，在此的意思
是「不確定為真」。我們對於一個人的
言行的判斷，常常是根據過去互動經驗
所產生的「印象」；這些印象會干涉我
們現在所做的判斷。雖然過去的經驗，
有其參考的價值，但是不能完全憑著過
去的印象來做判斷。有時需要時間的考
驗，或蒐集更多事證以後，再予以綜合
論斷。知人是很不容易的。

30
慧眼

敏於觀察和分析因、緣、果的人，能明白事情的來龍去脈、前因後果。但是如果受到情感上的愛欲和執取的束縛、左右，則即使有分析事理的能力，智慧的眼睛也會被蒙蔽。

生活中固然有例行的事，但也常有新鮮的事。對於例行的事，可以依循習慣的做法，但是新的事情，如果舊的習慣不能解決，就必須費心去思考解決之方。即使是例行的事，也應常思考如何創新而改善。舊方法不能解決問題的時候，人就不得不認真去思考。所謂創新，倒不一定另起爐灶，有時只需略做調整即可。

受困於習性，使人無法進步。佛法中有「四正斷」：已經生起的善，要使它更為增長；還沒有生起的善，要使它趕快生起。已經生起的惡，要趕快斷除；還沒有生起的惡，使它永遠不會生起。所謂善惡，雖指涉道德的行為，但也可以引申為事情的「有效」或「無效」：有效的事，要擴大應用並創新；無效的事要積極改進或改弦更張。

至於道德善惡的意涵，不但從動機説，也從結果説。善惡的判斷，應該綜合動機和結果兩個面向。善的動機，不一定產生善的結果。如果單從結果來説，善使自己得到更健全更純良的成長，獲得生活中的寧靜安樂，而惡則正好相反。

菩薩道是把善行善果加以推廣，使更多人得到好處。所以，道德能利人利己。道德不是抽象的條文，也不是枯乾的忍耐和受苦。如有忍耐，也只是過程，而不是目標。

道德的結果，應能使人身心解脫自由。德育之目的，不在約束，而是在自信中獲得生活的智慧。

生活的智慧基於不斷的慎思和選擇。慎思需有廣博的資訊，所以擴充知識是慎思的前提。經過慎思的選擇，使人做出好的決定。

選擇是基於對不同的可能性的考量，這種考量即是基於慎思。

慎思是基於關懷的平等心，衡酌人情世情。

世間本無大事，大事是小事的累積和集合。生活中那些嚴重到難以排解的紛爭，分析到底，往往是細微小事積聚的結果。慎於始是重要的。小善小惡都不能輕視。

慎思以廣博的資訊為基礎，藉著定靜使心思靈明，不受情緒或偏見的干擾。貪、瞋、慢心都是汙染源，使人心的靈光當機。

31
直觀：
從潛意識
到意識的覺知

類推法以及其所依據的觀察和邏輯推論，是有效的認知方法，但不是唯一的方法。有些人在獲得相當多的經驗和歸納所得以後，腦海裡會有其他的認知型式出現。人的意識有時會繞過邏輯，自動去擴充漫延。由此產生的，是一種直觀的知。

直觀的知，看似不經過經驗的法則，但實際上它是基於沒有顯現的經驗法則，在潛意識中運轉。意識是自知自覺，潛意識則不知不覺；它沒有在意識的層面。雍格（Carl Jung, 1875-1961）曾希望把未自證的個人潛意識（personal unconscious）轉變成自證的意識，如此則一切都在自知的掌控當中，使深層的潛意識也能浮上意識層面。

自知的目的，不只停留在自知。它應該是全面智慧發展中的一部分。我們應假設，增進自知，也能提升知他。因為人性有其共通性。由同理心，自知可以擴展到知他。知他不知己，或知己而不知他，都是智慧發展的缺陷。

32
「事法界」和
「理法界」

另外，知也有「事法界」和「理法界」之分。前者是實務性的界域，而後者是理念的界域。一個人有「事法界」的知而沒有「理法界」的知，則此人的知識雜多有餘，整體和根本的認知不足。若是多「理法界」的知，缺少「事法界」的知，那麼他只能在象牙塔裡冥想，卻無法圓通於現實的生活。所以佛法也主張理法、事法要圓融互通。

33
求知的途徑

有求知的動機或需要，藉著意志力把心理傾向化為實際求知的行動。精進心使求知成為持續性的努力。但是，在勇猛精進中，還需要靜慮心、安忍心、無所得心，如此，才能維持身心的自在和學習的樂趣。

求取知識，可以先由一個領域專精深入，也可以由多個領域齊頭並進。以今天學校教育課程內容的多樣性，教育科技的日新月異，學生通常在同一學習階段進行多學科或多領域的學習。本質上這沒有不對，因為人生的經驗是一體的，知識之所以分類設科，只是為了學習、講述和研究的方便，是一種方便施設，而不是生活知識本來如此。但是多科目的同時學習，對許多人仍然因無法兼顧而產生困擾。為了適應個別差異，學校課程應增多彈性的設計。

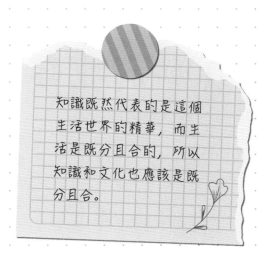

知識既然代表的是這個生活世界的精華，而生活是既分且合的，所以知識和文化也應該是既分且合。

學習知識時，既要分別了解各領域或各學科的精要，深入細節，深入究竟的意義；而且又要了解各領域之間的關係，以及知識與人類生活的關係，這整個學習過程既漫長又費心力。能有如此成就的常是少數，是菁英中的菁英。所以對於一般人來說，能夠專精一門，成為某一領域的專家，可以說已達成求知的重大目標。

34
真知的重要

人類由於無知而犯了許多錯誤，損人又害己。例如對
飲食的無知，吃了許多有害健康的食物，或者飲食的
時間和分量不恰當，而損傷了健康。

對於自然的無知，做了許多有害於大自然的事，結果
也傷害了自己。

因為對因果的無知，對生命和世界的無知，對各種現
象的無知，而在想法和作為上，犯了許多錯誤，帶給
眾人無盡的煩惱和痛苦。

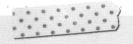

但是，有時雖然了解事理，卻被知識以外的因素所影響，刻意或無意識地規避真理，認同邪論，覆閉了真知。這通常是由於私心、貪欲、偏見、自大，或瞋怒、嫉恨的緣故。所以欲獲得真知，必須準確而周全地認知，並且願意接納真實，不去扭曲、迴避或選擇性忽略。

獲得真知，並且願意接受真知的重要性，能帶給我們和別人許多利益。願意面對真實，面對現實，是勇敢的生活態度，是成功哲學的第一步。不能及不肯面對真實的人，是人生的逃避者，常與成功擦肩而過，是失敗的常客；也是白日夢者，所作所想，成為虛幻的註腳。能接受真知，代表了解自己、別人，了解環境，也了解這個變化中的世界和生活的理則。這些了解，都是非常重要的，它們替智慧鋪好了道路。由於有這些了解做基礎，我們可以進一步藉著清淨平等的無雜染心，做出明智的判斷、選擇和決定。能經常做出明智的決定，是幸福人生之保證。這是獲得真知並且願意接納真知的利益和價值。

35
獲得真知

欲獲得真知，首須虛懷若谷；先把成見、偏見和先前的經驗，如胡塞爾（Edmund Husserl, 1859-1938）所言，都暫時「劃入括弧」（bracketing）。心淨空了，才能容納新知。無限的空，能容納無限的知識。

其次，須親近良師益友，因為他們能幫助我們分辨真假，不致在茫茫的資訊大海之中獨自盲目摸索。因為有些看似重要的資訊，卻不一定有用；或者它們在別的時空條件下有用，卻不一定適合現在的環境。

所謂良師益友，包含以前世代的聖賢。他們的言論之具有真理價值者，稱為「聖言量」。這些蘊藏在經典中的閃亮的珍寶，足以開啟我們的智慧。所謂真知，即使存在於不同時空，仍可以與當代、與此時此地相容，互相印證、發明。歷經很長的時間、跨越不同的地域，真理依然是真理，不會褪色。真知是不分新舊的。

實則，人的內心在定靜時，自然產生「靈明」，能敏銳照見事理。所謂真知，一是它符合真實，二是它有健康的生長能量。人的靈明，不但能照見所知是否真實，也能洞悉所知是否健康、有能力、有力量。

培養靈明首要是袪除內心的雜質，平服情緒的波濤，在平等、寧靜、清澈中，自能釋出靈明。

靈明也是快速的整合能力，將過去的知識、經驗和眼前的情境，在極短的瞬間做出全面的理解和判斷。這種能力可以透過練習而獲得增強。不斷充實知識，不斷淨化身心，不斷練習分析和重組綜合，不斷思考，不斷學習禪定，是增強靈明能力的方法。但是這種練習必須基於無所得心，無功用心，始克臻達。無所得心是不執著、不貪取。無功用心是隨順自然，不求快、不貪多。靈明是在不即不離、非有非無之際產生。

清淨心是由於持戒。持戒是有所為有所不為。它包含對於道德律則的理解，但是只有理解仍然不足。道德律則是抽象而廣泛的原則，但是它的實踐則必須落實在每日、每時、每刻的思想言行。所以理解戒律或者道德法則之後，還須落實到每一思想和行為，在實踐中磨練抉擇和判斷力。這也是練習獲得真知的一個重點。

36
西方知識理論
的基本模式

人類的頭腦，從吸收知識進來不久，就開始進
行分類。人腦認知的模式，最早有亞里斯多德
（Aristotle）的範疇（category）理論，對
於後來西方哲學和心理學界的影響很大。但是
各家對於他的範疇理論的理解和詮釋分歧，迄
未有定論。亞里斯多德的認知範疇有十個：
本質（substance），數量（quantity），
素質（quality），關係（relation），
地點（place），時間（time），樣式
（posture），狀態（state），行動
（action），熱情（passion）。

康德（Immanuel Kant, 1724-1804）的範疇論受到亞里斯多德的影響。他的認知範疇分成四大類，每一大類分為三小類。第一大類是數量（quantity），包含單一（unity），複數（plurality），整體（totality）。第二大類是素質（quality），包含實存（reality），非實存（negation），有限性（limitation）。第三大類是關係（relation），包含根本和衍生（inherence and subsistence），原因和依生（causation and dependence），主從互動（reciprocity between agent and patient）。第四大類是模式（modality），包含可能性（possibility），存在（existence），必需性（necessity）。康德明確指出，範疇是先於經驗而存在的（a priori）。

跨心理學和哲學的皮亞傑（Jean Piaget, 1896-1980）有基模（schema, schemata）說。他的知識論是心理學與哲學的結合。他未說明認知的基模是天生或後天，但假設基模能不斷變化、擴充、分化、重組、修改結構。基模既能「同化」（assimilation），又能「調適」（accommodation）。所謂「同化」是說，如果一個人新接受的資訊和他原有的資訊系統相應，便會自然地吸收而納進原有的知識體系。所謂「調適」是新的資訊與原有的資訊體系不相容，這時必須開闢一個不同的體系。

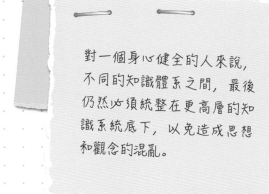

對一個身心健全的人來說，不同的知識體系之間，最後仍然必須統整在更高層的知識系統底下，以免造成思想和觀念的混亂。

另外一位跨界的心理學家雍格，則把人的認知模式劃分為意識和潛意識。所謂潛意識，實即不顯現在意識層面的意思。雍格的思想受到弗洛依德（Sigmund Freud, 1856-1939）的影響，但也有很大的不同。弗洛依德認為潛意識都是被壓抑而形成的，尤其是性的壓抑。但是雍格以為，潛意識有二，一是個人潛意識（personal unconscious），另一是集體潛意識（collective unconscious）。「意識」是冰山或島嶼露出海面的一小部分，而個人潛意識是冰山之沉於海底的部分，是潛藏於心靈深處的過去的經驗，而不一定與性有關。集體潛意識（collective unconscious）這個具有創意的概念，代表的是種族共同的潛意識。共同潛意識包含了無數個原型（archetype）；其中有些特別重要的原型，雍格做了詳細的描述，包含persona, anima, animus, shadow, self等。

Persona是一個人為了適應社會生活、職業生活、或為了維持良好人際關係等原因，必須偽裝成一個與他本來人格不同的、但比較能被社會或職場歡迎的人格。在職場或社交場合顯現的是persona，回到家裡則變回他原來的人格。所以他有兩重的人格。這在人類社會是很普遍的；這種情形是集體潛意識的作用所致。

所謂anima是存在於男性潛意識的女性原型，而animus則是存在於女性潛意識的男性原型。男女兩性自有種族以來，即互動頻繁。女性有父親的原型，男性有母親的原型。男女情愛，也長久儲存著彼此的原型。上述Persona原型的特點是它很容易過度發展，使得原來真實的人格壓抑、隱藏；而anima和animus卻容易被壓抑，使得男性的男性特質、女性的女性特質過度發展，無法取得平衡。男性中的女性原型，以及女性中的男性原型，如果被壓抑到嚴重的程度，則可能形成同性戀或有變性的行為。

Shadow這個原型，是人性中的動物性，是產生活力和創造力的根源。如果只是勉強壓抑shadow的原型，卻沒有在觀念上引導、在道德上修養，則會失去活力和創造力。

而self則是個人的整體人格的具現；它可以說是自我的具體表現。

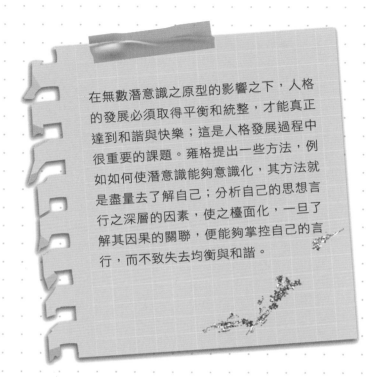

在無數潛意識之原型的影響之下，人格的發展必須取得平衡和統整，才能真正達到和諧與快樂；這是人格發展過程中很重要的課題。雍格提出一些方法，例如如何使潛意識能夠意識化，其方法就是盡量去了解自己；分析自己的思想言行之深層的因素，使之檯面化，一旦了解其因果的關聯，便能夠掌控自己的言行，而不致失去均衡與和諧。

37
知識、智慧和
價值系統

人類的進步是因為能夠不斷檢討、調整知識系統和價值系統的關聯，尋找兩者的關係和相互影響。價值系統和知識系統雖然是兩個獨立系統，但是彼此有關聯。一個人形成實用的智慧以因應生活環境的變化，是以價值系統為主軸的。知識是單純的、客觀的存在，而智慧卻必須考慮生活和生命的價值之所在。強而有力的價值系統，對於人的判斷力產生決定性的影響。

所謂價值系統，包含真假、善惡、好壞、美醜、強弱、滿意與否、快樂與否等等之判斷。價值系統和知識系統一樣，是有階層的。完整的系統，沒有錯亂，表示此人的價值觀明確而有條理。一個人如有正確而完整的價值系統，則可以有效解釋他所做的抉擇，而加以辯護，因此可以維持人生的意義而不破損，信心充滿地邁向人生的理想和目標。

不正確的系統即使完整，也會有
不能自圓其說之處，無法做出究
竟圓滿的論述。

有些系統正確，但不完整，則有待繼續發展和充實。

知識不等於權力。知識是一種基本的能力。只有善用
知識才能產生力量。

累積知識是必要的，但是建立正確的價值系統和完整
的價值網絡，則可以把知識恰當地應用於生活和工作
的每一個細節。有層次的知識系統和有層級的價值系
統，在其真實正確和完美的基礎上，可以真正產生力
量，建立有智慧的人生。

智慧是應用知識於生活及工作，以解決問題，或改善生活及工作的品質。智慧能察覺事件的來龍去脈和因果關聯，做統整的理解，不致顧此失彼，見樹而不見林。智慧又包含良好的邏輯思考，做出分析、推論和綜合，能由過去經驗，合理推論到未來的新事件。

邏輯思考若能結合對事件之因果性和關聯性的理解，達到相當高的程度，即可以預知許多事情之未來的發展，能在工作和事業上洞燭先機，防範危機於未然，或化解危機於無形。這也是一種智慧。

智慧又具有超越性，能時時超越自己，省視自己，以無所得心，釋放自己的能力；以超勝世間之利害得失的眼光，審視萬事萬物。這是一種出世間心，出世間法。

智慧是依據知識、實際生活的情境、生存的
價值和意義這三個因素，做出判斷和決定。
知識愈正確、愈完整，就愈有可能做出完美
的決定。但是知識只是必需條件，而非充足
條件。知識加上正確的信念，才能形成價值
判斷的智慧。

Part 4

心意識

38
經驗的儲存

佛教有三個名稱：心，阿陀那識，阿賴耶識，指的是同一個心意識。這三個名稱代表心意識的三個面向。

心是通稱，大家耳熟能詳，雖然不一定了解透徹。

阿陀那識是說明，人活著的時候，心意識與身體同時俱在；但是身體不存在的時候，心意識就離開了。

而阿賴耶識，則有儲存個體經驗的功能，包括累世所有的記憶。心意識做為記憶體，能容納各種各樣經驗的資訊，數量無限。這些經驗的資訊以特有的心像儲存在記憶裡。當我們回憶的時候，心像便以一種「被想到」的方式出現。這記憶有的浮在意識的淺層或表面，容易喚起；但是有更多的經驗，不易被喚醒、憶起，因為深沉地隱藏在心意識的底層。

39
使心意識
自由活潑

心靈在清淨平等的狀態下，其能量的流通自由、活潑而通暢。使心意識自由活潑的方法，在佛法有「奢摩他」（samatha）和「毗鉢舍那」（vipasyana），就是「止」與「觀」，或稱為「靜定」與「尋伺」。前者是專注，後者是由淺入深的探索。

止或靜定的方法有「數息」、「觀身不淨」、「觀緣起」、「觀分別界」和「念佛」等。

「數息」是計算自己的呼吸，例如從一數到十，是一個來回；如此重複許多來回，使心念專注。

「觀身不淨」是觀想自己身體許多的不潔淨，消除對於我以及屬於我所有的一切的執著和貪戀。這包含到塚間看腐屍、白骨等，產生無常感，了解人類如果不能脫離輪迴，終於難免同樣的下場。

「觀緣起」是觀察、思索世間一切人、事、物發生的因緣和結果，了解一切的存在都由於因緣的和合，因緣散則存在的也消失。由觀緣起，可以理解世間許多事情之所以發生的因、緣、果。此種理解可以消弭錯誤的認知和觀念，也使內心的不平之氣得以平靜下來。

「觀分別界」則是客觀了解世間不同界域的種種差別，可以激發同理心和平等心，同樣可以使心平靜下來。

「念佛」是觀想佛的種種莊嚴、功德和智慧，引發見賢思齊的心理，向佛學習。念佛時也能向佛許願，例如「希望我能更慈悲」，「希望我能夠更精進。」

以上是「止」，是靜定。接著是「觀」，或稱為「尋伺」，是觀的方法。「尋」是一種統觀、總觀，也是粗觀。若進入較仔細的、個別性的、深度的探索，則是「伺」。「止」可以幫助「觀」，因為在靜定和專注中，可以觀察、思索、探討得更容易而正確。

有了方法以後，據以練習，熟練以後，這時則應該捨離方法，而不再執著於方法。所謂方法，是可以改變，改善，甚至捨離的；它不是一成不便的。

40
心是知識的根源

知識的形成有其程序。心是產生知識的根源；它藉著六種感官：眼、耳、鼻、舌、身、意，接受六種刺激：色、聲、香、味、觸、法，而形成六識：眼識，耳識，鼻識，舌識，身識，意識。六種感官稱為內六處；能產生六種刺激的稱為外六處。外六處又稱為六境或六塵。

六識中的前五識，是以物質為客體；第六識的認知對象則是非物質的客體。前五識的認知，除了感官，還需要心意識的作用，才能形成眼識、耳識、鼻識、舌識和身識。

第六個感官：意識，它的對象
是法處，無法被前五個感官所
認知，因為法處是心像，是抽
象的，例如觀念、願望、前塵
往事等。

隨著六個感官的感覺認知，也會產生各種情緒和情感，
即是佛經所說的「眼觸為緣所生諸受」，「耳觸為緣所
生諸受」，「鼻觸為緣所生諸受」，「舌觸為緣所生諸
受」，「身觸為緣所生諸受」，「意觸為緣所生諸
受」。受就是感情或情緒。這些情緒或情感，大略包括
「喜歡」，「厭惡」，「既不喜歡也不厭惡」三種。當
然其間還有深淺程度不同的微妙的差別。情緒和情感如
果仔細分別，則有許多的變化，產生更多不同種類的情
感或情緒。這在早期的佛論，例如《大毘婆沙論》、
《俱舍論》等都有著詳細的臚列。

英國經驗主義（Empiricism）哲學家和心理學家約翰洛克
（John Locke, 1632-1704）在他的著作《人類悟性論》
（An Essay Concerning Human Understanding）
中，以「感覺」（sensation）和「內省」（reflection）
做為認知的雙軌。前者是以外在的物質作為認知的客體，
而感官則從這些外在的客體的認知獲得觀念。最初產生的
觀念是單一的。每一個單一觀念，被賦予它專有的名稱。
因此每一個簡單的觀念有相對應的名稱：一個觀念與一個
名稱相對應。兒童的認知學習，從觀察每一人事物開始；
對於每一人事物的觀察和認識，結合它的名稱的聲音，如
此重複學習，儲存在腦海裏，形成記憶。

簡單的觀念一旦被賦予名稱，即是「抽象化」的過程
（abstraction），這時幼兒開始有了概念。而代表概念
的，是名稱。這些最簡單的觀念，進一步結合其他的單一
觀念，形成複合的觀念。在這過程中，感官的對外物的觀
察，和內省作用的記憶和儲存，共同運作，逐漸擴大認識
的範圍。進一步又會有辨識、比較、歸類和推論等的運
轉，逐漸發展出各種認知和學習知識的能力。

洛克理論的特色之一是人生下來，心靈是一片空白的，沒有任何先天觀念的存在，所有的觀念都是後天的，都是後天學習所獲得的。但是他卻認為人天生即有觀察、認識、記憶等等的心靈的能力。這和佛教的知識論不一樣的是，佛教認為人生下來，在其心意識中便已經儲存很多過去的經驗；這一看法卻是和柏拉圖的主張類似的。

柏拉圖認為人生下來，便已經保有過去生所學習的知識。這些過去生所習得的知識、真理，都儲存在心靈的深處。教育的功能，就是喚起人的記憶，喚醒那蘊涵有高尚品德和情操的理性和真理。柏拉圖的教育理論因此被稱為「憶起說」。

洛克的知識論，提供現代經驗主義和實證心理學的基礎。在簡單的觀念被賦予名稱、以及簡單的觀念結合成複合觀念以後，便逐漸擴大觀念的連結。透過分類，把相同的合成一類，把不同的放在另一類。依據生活的需要和方便，也根據物體的屬性和功能，做出適當的歸類。這種辨識、分類和歸納的能力，是人類心意識一個重要的功能。

由於這種辨識異同、歸納分類的能力，人類產生了知識的系統。隨著生活經驗的不斷增加，經過內在意識的辨識、分類，有的會納入原來的知識的體系，這時就形成皮亞傑所謂的「同化」作用。如果不能納入原有的知識體系，就會衍生出新的分支或另創新的系統，即皮亞傑所謂的「調適」。

這時心意識所運作的是一種區分、比對的過程：在同化之先，須先找到新資訊與舊資訊的相同性、相似性或至少是相容性。如果新舊資訊不相同、不相似或不相容，則須在既有的知識結構之模式裡加以分化、分支，但仍保留其平行或分支的關聯。必要的時候，甚至必須創造新的知識模式，檢討知識模式和知識內容的合適性，並重新定義新模式與舊模式的關係，因此而可能產生整體知識系統的分解和重組。

知識體系的建立當然還需要經過人類經驗的驗證，來證明它們的有效性。這時人類的腦子就會依循因果的關係，以知識所產生的效用的結果，回溯到這些結果的原因，找尋人事物的因果關聯。

41
第七識和自我

佛教的心意識的詮解，隨著《解深密經》的心、阿陀那、阿賴耶的三分法，逐漸發展，使後來的瑜伽論師，能夠比較明確地定義心意識的另一個重要的功能：道德辨識的能力。這功能的關鍵點，被稱之為「第七識」或「末那識」。第七識不是在心意識以外的另一個識；它只是心意識的重要功能之一。

第七識有兩個重要的作用：第一是成立並維繫「自我」；第二是善惡的價值判斷。

成立和維繫自我，是第七識初始的功能。本質空性而能變的生命體，在現實世界中的方便呈現，或者是為了償還業報，或者是為了實現願望，這時必須藉助一個「自我」。沒有結合精神和肉體的「自我」，便無法在世間生存。但是這種存在，只是短暫的，所以被稱為虛幻，雖然他事實上確實存在過，不能完全說是虛幻。在短暫的世間，個體必須存續一段時間；他必須飲食、活動以維持生命；他必須受教育、成長、辦事，俾有所成就。這是世間法對個體的要求，也是世間法的特質。

所以每一個體有兩個我：一個是在世間的，短暫、有肉身的我。這個我，能吃能睡，能走能跑，能讀能寫，能說能辯，能成長、發展，而也會變老而死亡。雖然短暫，這個現實的我卻能留下功績給那個本來的我，使本來的我在累世的不斷學習中，可以成長得更為完善。

所以這個現實我，成為本來我的工具，但也是本來我的貴人。現實我不斷學習、工作，準備把最好的留給本來我，然後功成身退。但是，兩個我，其實是一個我。本來的我在世間，透過現實的我過生活。現實我的各種苦難，本來我也必須去承擔。

現實世界的榮枯，苦樂，得失，都是學習和磨練的過程，最終會回饋到本來的我。第七識，末那識，成為兩個我的橋樑，在世間的現實生活中，它有妥協的功能。它承擔世間的業報，過著有漏的生活，但也能堅持善性的顯現，精進修習，逐漸擺脫執著，超越現實的自我，與本來清淨的自性復合。所以第一階段的末那識是參雜善惡、有著執持的我，而第二階段的末那識則是清淨平等的我，佛經說是「平等性智」，成為真我的分身。佛教說「以幻修真」，也許是這個意思。

42
在自我之外

從社會、族群、文化的進化著眼，整體人類的
現實社會，是由許許多多現實的自我所組成。
人類社會努力透過各種各樣的教育形式，使更
多個別的人類能夠學習，獲得正確完整的知
識。教育社會學家普遍認為，普及全民的教
育，是奠定社會進化的基石。

　　以正確的價值觀來教育、引導人民，增強他們的智慧
和意志力以實踐正道，那麼人類社會便能減少許多錯
誤、紛爭和災禍，對每個人是大為有利的。社會與國
家的存在，應以這樣的理想為目標。這應該是政治家
和教育家共同努力的方向。柏拉圖寫《理想國》（The
Republic），即是希望有智慧的領導者，能夠心存道
德理性，以清淨美好的理想，針對人民的專長，分別
施以適當的教育。其中寓意深遠。

Part 5

時間、記憶
和歷史

43
時間

佛說時間是空，是怕一般人執著於存有的實體性，包含對時間的執著，因此說空。但是佛亦說「時間的空」也是空，所以若執著於時間的空性，則又是另一種的執著。執著於時間是實有，以及執著於時間是空，都是落在「兩邊」，而不是中觀。佛教說一切法空，又說真空妙有，所以空與有是一不是二。時間既是空，亦非空；既非有，亦非非有。

在佛教經典中，時間被譯為「前、中、後際」。前際是過去，中際是現在，後際是未來。《金剛經》說，過去心不可得，現在心不可得，未來心不可得。這是以心來比喻時間；時間不是實體，而是一種經驗，是心意識所產生的概念經驗，既有其客觀性，復有其主觀性。

古代科學家以自然界天體運行的規律為依據，發展了以月亮及太陽為基礎的曆法系統，而建構了時序。時間系統的建立，協助人類記憶、紀錄，並成立了歷史。在實際的社會生活方面，則成立了作息的規律，進一步而有家庭、學校和各種團體及社群活動的時間表，並以此時間表來區分、評斷生活及工作的質與量，使社會組織及文明順利運作，而有了人類社會和生存的基本模式。時間概念的靈感，來自於大自然之天體的運轉，而其應用，則促成了社會制度和人類文明的建立。

時間代表人、事、物等發生、發展、變化及消失等的流程，是變動不居之宇宙萬象的象徵。如果要選擇一個概念來代表這宇宙世界之萬法的無常性，則非時間莫屬。由於宇宙中無一「法」是可以真正重複或回溯的，時間亦不例外。有些被認為可倒轉重複來過的事物，其實只是類似的、模擬的過程；看似重複，但非真正重複，其間必存在差異，只是有些差異甚為微小，未被覺察。例如水開了以後冷卻、冷凍成冰，再溶化為水，則此水已非前水，只是類似前水而已。在這過程中，時間的流逝若經過客觀計量，則可以證明無一物可倒回至過去，或真正恢復原狀，充其量只能修補到神似的狀況。

但是在人的主觀意識，時間不但可以停留，而且可以倒轉。在主觀的意識中，時間也可以定住而成為永恆。但由分析可知，不是時間本身停留、倒轉或成為永恆，而是人類那些伴隨著時間而發生的經驗，停留、倒轉和成為永恆。

這些隨著客觀時間產生、卻沒有隨著客觀時間的步伐而前進的「經驗」，是儲存在心意識的某一個區域，這個區域可以名之為「情感的記憶」。

「情感的記憶」能整理、重組和改造生活的經歷；它其實是在醃製生活的經驗，並且挑選一些特別的、富涵情感觸動的題材，使美好的經驗不至於輕易隨時間流逝；它能把篩選的情感，執持，美化，點點滴滴存入記憶。隨著時間的流逝，這些「美好」的經驗愈益在記憶中蒸餾純化。這是情感理想化和永恆化的粧扮過程，把實際的生活經驗簡約化，以符應美好之概念原型的過程。在這過程中，時間的現象因為受到主觀情感的影響，形成某種變奏。

由於人類對美好經驗的喜愛和珍惜，並意欲將之變成永恆的記憶的普遍現象，可以說明人類對於美與善的嚮往。在現實生活中，在遵循著自然法則的世界中，即使是美好的經驗，也和其他的經驗一樣，是一刻不停地隨時間而流逝。客觀的時間似乎總是踏著一樣篤定堅定的腳步，不回頭地向前行去。但是情感與記憶不然。

人的情感能執持，也能排斥。執持喜好的，排斥厭惡的；執持美好的，排斥醜惡的。厭惡的儲存在潛意識，而美好喜愛的則儲存在情感記憶區。

如果許多發生於不同時間的經驗或事件，一時重疊於腦海的影像中，則這時腦海中顯現了不同的時空。時間是與事件經驗同時俱現的；由於事件經驗的主觀顏料，時間也沾染了主觀的色彩。

如果排除了事件、活動和經驗，還有時間存在嗎？至少是不會有時間這個概念存在的。或者說，抽離了人文的因素，時間便無意義。這時，沒有人去關心時間與自然天體運行的關係，也沒有人關心時間在生活中和文明發展中的重要性。時間與否，已是無關緊要了。

經驗主義者會說，記憶是逐漸模糊的印象。經驗初產生時，在腦海中的是鮮明的印象。隨著時間的流逝，印象逐漸模糊，成為記憶。但是記憶不見得是模糊的，它也可以越來越鮮明，而且有著被強調的主題，以及後來逐一被加上的彩繪和細緻的成分，就像一個細心而有耐心的油畫家一般。

佛經說，心為工畫師，能畫世間物，能造世間事。而依我們的經驗，心又能描繪記憶中的圖像，依據經驗的印象，或增添，或減省，或者顏上彩色，素以黑白。或者，像心灰意冷者，任令記憶褪色、淡忘，終至於如青煙飄逝，成為完全的空白。

如果有永恆，是心意識使之停留於記憶中，想像著它的完美，不忍修改，儲存於恆溫的房室之中，萬古猶新。所以永恆，也是心之所施設，亦是假名，亦是可壞而可不壞。心的繪畫師的修補作用，可以療傷止痛，把美感保存；心的繪畫師的創造性，可以描繪願景，計畫將來，解決難題；心的繪畫師的準確性，可以照見真實，看見愚妄虛幻和癡想；心的繪畫師的超越性，可以跨越障礙，打破瓶頸，平分別心；心的繪畫師的發展性，可以帶動文明，日新月異，也啟發個人，趨向聖賢。

Part 5 時間、記憶和歷史

44
歷史

歷史雖說是人類活動的紀錄，但是此種紀錄是否與活動的真實符合，卻令人啟疑。好像，誰能掌握撰寫史書的手，誰就有發言權。然而，即使握有發言權可以代言一個時代的歷史，能否具有說服力，使讀史者信服，又是另一回事。可慮的是，一般的讀史者，不見得有很好的邏輯思考的習慣和能力，只要歷史寫得讀來動人，則容易使人信以為真。若再拍成電視劇，其深入閱聽大眾內心所產生的影響力，更是難以衡估。

當然，所謂歷史的事實或歷史的事件，其本身即是很複雜的結構體和關聯網，絕非只是一些點或面而已。紀錄史和寫史者到底看到了那些面？看得有多深刻？看見了那些關聯？他的理解又有多少？而又有多少他筆下的文字，不是出之於臆想和揣測？過度的解讀，或不周延，或偏於片面的詮釋，不也一樣會改變歷史的面貌和評價？

129

俗話說：「我們正在創造
歷史。」同樣真確而卻是
諷刺的是：「寫歷史的人
正在創造歷史。」

寫歷史的人，是否蒐集到足夠周延的史料？現存的史料
是否夠多？如果史料不夠多，再怎麼蒐集也達不到周延
的水準。有些史料被封存禁錮，或銷毀了。有些史料不
真實。有時有不同的版本，只代表片面甚至片斷的事
實，而片面片斷卻也大可以誤導研究者。面對史料，寫
史者的意識型態、價值系統、自身的成長背景，甚至
在他背後的政治及經濟的壓力，都會影響他的擇取、理
解、解讀、詮釋以及聯綴呈現。

即使是我們自己經歷過的、參與過的歷史，對於事件或
事實的理解也往往是有限的。若再經過時間的沖刷，記
憶褪色了，感情淡化了，真相也模糊了。真正印象深刻
而不會磨滅的，可能只是某人說過的一句話，或者某個
時刻之鮮明的烙痕。歷史的真真假假，是是非非，一切
人事物的場景，午夜夢迴，朦朦朧朧閃過，如煙花，似
遙遠的隔世之迷，也像線團，治絲益紛，欲理還亂。

此所以説，欲以歷史為殷鑑，須以良知為標尺，而非以文字表象為依歸。良知者，是事理、物理、天理和人理。理者，是合理、合邏輯、合人性。佛教説，依法不依人，依義不依語，依了義不依不了義，依智不依識。所以不但寫史者，要有判斷的智慧，讀史者，也要有判斷的智慧。不但讀史如此，讀書、讀報、看電視、聽廣播、聽演説，莫非如此？

此所以説，把握當下，對於現前的事，要盡心盡力，也須以良知為標尺。當下的事，轉瞬就變成了歷史；把每件當下的事，努力去做得完善、做得公道，就是在創造自己的歷史。而自己的歷史，不也是人類歷史的一部分？

我們希望所創造的歷史，能產生善的因緣，能為社會帶來好的影響，而不必太在乎別人如何紀錄、如何解讀這段歷史。

45
兩種歷史

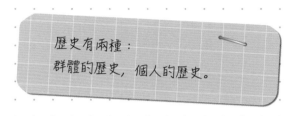

歷史有兩種：
群體的歷史，個人的歷史。

個人的歷史有兩種：個體生命在多生、不同形式存在階段、所聯綴
成的歷史，以及這一世生活的歷史。前者是由許多的後者所聯綴而
成的。

個人歷史與群體歷史互為融入。斯普朗格（Eduard Spranger,
1882-1963）說，個人的主觀精神客觀化，成為群體的精神，即是
個人的文化，客觀化為人類的文明。個人一出生即被群體精神和
文明所包圍、孕育而成長。這種互動表現在兩方面：個人接受教
育，從群體得到滋養；然後個人的創造意志及成果，豐富了群體的
文化，並且激勵了更多個人的創造意志。

佛教說，這是共業和別業的互動互融，也是共生的命運交融。平凡
人，所謂的異生，在共業洪流中迷失，但是菩薩則在共業中保持清
醒，力挽狂瀾。

個人的歷史，如果只著眼於一世，有許多事情便得不到合理的解
釋。如此，有些哲學家會說人生是「荒謬的」（absurd）。誠
然，不究竟的論議，會如是認為；而究竟的智論，則了然於其中之
原委，所以不致認為有真正荒謬的事。

Part 6

流轉與還滅

46
流轉

人生的不如意，是由於我的不完美；而我的
不完美是由於過去宿業的前帳未清，新的業
又不斷產生。是由於習氣未臻零缺點；是由
於此刻的我，仍繼續有著不完美的念頭在引
導著言行。

不如意是因為有缺漏，所以也有煩惱，所謂愁、嘆、
苦、憂、惱。但是我要做到完美，必須每個念頭、言
語、行為都做到零缺點。因為目前還沒有做到，所以
不如意的事仍然持續不斷發生。

這種連鎖的效應，如果是屬於良性循環，煩惱便會越
來越少，人生趨向完美，這稱為「還滅門」。如果是
惡性循環，那麼情勢會一直失控，終於被淹沒，這是
「流轉門」。

任何苦果或樂果都必然有其前因。大多時候因果關係是複雜而難以了解的。欲了解其間的複雜關聯，還需要耐心、細心去觀察、分析和追溯。到底是良性或惡性的循環，若能虛心自省，應能了然於心。

受制於隱藏不顯的習氣，缺乏自覺自省，不知不覺中盲從於習慣，隨著情緒的波動起伏，依循習慣的行為模式，很少、或從不思考去做任何的管控，或者突破和創新。生命流過，漫漫不絕如長河，但是我仍然是原來的那個樣子，沒有絲毫改變長進，好像時間從沒有流過一般。如此的生命，活一天和活一百天甚至一百年，沒有異樣。這即是重複舊有模式的一種流轉，總是依循著舊有的思維、嗜好和偏執。

大自然有許多流轉：花開花落，日出日沒，星體的運轉，候鳥的遷徙，直到有一天，生態環境有大的變動，為了生存，生物被迫做出調適。人類既有靈明的心識，應該能預知、預見、預作準備，主動出擊，自我調整。聰慧靈敏的心識的引導，能夠把「流轉」的情勢扭轉。

47
知識、智慧與創造

　　人為什麼要吸納知識，要觀察、分析和判斷，以發展智慧？那是為了要了解人生的許多事實，探觸深層的真相，並在複雜的因果關聯中，理解人事物演變的原理法則，據以推衍到現在和未來的生活，得以有效趨吉避凶，趨樂避苦，趨真實避虛假，趨完美避缺漏，盡量做到思想無缺失、言語無缺失、行為無缺失。

　　佛的十八不共法當中，包含身無失、口無失、念無失這三項。不共法是指佛所獨有的智慧和能力，是其他的眾生所沒有的，包含一切聲聞、獨覺和菩薩。身無失就是行為沒有缺失；口無失是言語沒有缺失；念無失是思想和觀念沒有缺失。

知識和思考是重要的。人類因為能認知、記憶、思考，所以能做出適切的判斷和決定，以解決問題。正確的抉擇，會產生連鎖的善的影響及結果。正確的抉擇是基於正確的判斷，而正確的判斷又是來自正確的認知和思考。這是由知識轉化為生活上的應用，不但解決生活上的問題，而且能促進身心的和諧健康，充實生命的價值，開發生存的意義。這種由知識轉化而成的智慧，是活的知識，有用的知識；是能解決人生困境、提升文明的主要力量。由於知識與生活的結合，使得人類產生許多創造性的改革。

創造，是基於正確認知及思考的結果。創造的目的，不在於創造本身，不為標新立異，也不為表現自我創新的才能，或為了與人別苗頭。創造的目的，一是舊方法無法解決新的難題，所以必須想出新的辦法；一是舊方法雖能解決新的或舊的問題，但不盡善美，仍有改進的空間，所以想出新的法子加以改善。創造亦只是認知及思考之一環，是認知與思考的成果。

每日的修行，也是一種創造。我改善了認知的方法，是創新；我改進說話的態度和技巧，對我而言也是創新。我布施能從有相做到無相，也是布施心理的革新。凡是好的改進，可以扭轉「流轉」現象的念頭和做法，那一樣不是創造呢？

一個改過自新的人，我們稱之為「新人」，因為他浴火重生，在悔恨和發憤圖強的心境當中，重新創造了自己：有了新的性格，新的思維，新的生活態度，因而也產生了新的命運。

一部改寫的作品，編成電影，是創新；一部翻譯的經典，賦予新的詮釋和時代意義，有了新的語言，也是創造。

一個人在自覺自省當中，日日時時進步，變成一個不斷創新的人，邁向充滿無限希望的未來，也即是邁向無限創新的生命旅程。

48
身心調節
和情緒管理

健康雖包含身心兩方面，但身心實為一體，因為生理的
健康與否，會影響心理，而心理之是否健康，亦影響了
生理。人的生存，是「名」與「色」的結合。名是心
理，色是身體。一個人現在的名與色，是由他這一世以
前的行（行為）和識（意識）所造成的。前世的行和
識，造就一個人現在的身心。出生以後，又繼續受到今
生心意識及言行的影響。這些前因和今因會造就此後存
在的命運。

身心的交互作用影響，日日時時不停進行著。人有各種
情緒，乃是自然的事，完全壓抑不使發作，就像用圍堵
的方法治水，非根本之計。儒家經典說，喜怒哀樂等情
緒未發之時，稱為「中」；一旦有了波動，則情緒的表
達要有所節制，所謂「中節」，這就稱為「和」。儒家
的情緒管理是平常保持內心平靜，一旦有了情緒波動變
化，應該適當抒發、調節。

適度的情緒反應，一方面顧及禮儀和別人的感受，以免影響自己的社會行為和形象；另一方面也是為了維護自己身體的健康。適度的情緒反應可以給晚輩好的榜樣。突發的極端而激烈的情緒反應，是不恰當的；那是另一個「輪迴」的開始。

佛教講求中道。絕對的壓抑情緒，或恣意放任情緒，都不是適當的行為模式。從根本上去觀察一切人事物的緣起，仔細去推敲、了解事情的前因後果，找到因緣果的關聯。如此深入了解，能使我們心平氣和來面對各種危機。

止是靜定，觀是探究。有定靜的心，可以幫助我們探求因緣果的關聯，了解一切人事物的因與果。在定靜中，也同時可以慢慢體會到一切存有的空性和變化的本質。

在止和觀當中，可以慢慢體會人與人之間、以及萬事萬物之間的差別性和共通性，體會人我的平等、萬事萬物的無常，進而超越表面的現象，沒有迷惑。如此產生同理心、慈心、悲心、喜心、捨心。內心歸於平和寧靜。內心如果經常處於寧靜，即是接近某種程度的涅槃的境界。

涅槃是人生的理想，是難得的身心狀態。一般人尚未達到這種寂靜、和諧、安詳的身心境地，內心難免常有衝擊、意外、驚嚇、失望、傷心、難過和憤怒。起伏不定的心情，再加上妄念幻想，就會輾轉產生許多心魔和煩惱。

這時佛陀教我們以簡單的數息法先平復情緒，不使成為燎原之火。數著呼吸的出與入，再觀察身體的不淨，以及野塚散落的白骨，感觸生命的無常，使自己的貪欲心稍減。在平靜的心情中，慈心悲心和理性智慧的分析判斷，才會慢慢釋放出來，這時可以觀察事情的原委，來龍去脈，即所謂因緣果，會恍然大悟：原來如此。

在比較平靜的心情中，我們乃可以把已經發生的情緒，做一番仔細的追蹤考察，找出情緒發生或發作的起始點在那裡？這起始點和那些人事物有著什麼關係？它的時間和空間點如何？這情緒何以發生？如何發展、變化？這整個過程又和什麼樣的人事物有著關係？當我們如此省視自己的情緒之時，便會在其間學習到新的教訓，激發我們在下一次類似情緒發生時，做出更好的掌握和管理。

一個能掌握自己情緒的人，是有自信心的人。壓抑雖可以緩衝，但不能根本解決問題。被壓抑的情緒，必須進一步梳理，才不會有後續的爆發。因此，控制或壓制，可以是救急的第一步，卻不是解決事情的根本。被暫時控制的情緒，雖未爆發出來，但它還是在衝撞著，不安分地尋找出路或缺口。這時，我們要進一步正本清源，把情緒之火熄滅了，把疑惑清空了，把執取捨棄了。正本清源的辦法是說服你內心那不平靜的部分：以明理的一半去說服那不明理或不願意明理的另一半。人很奇怪：有時是一體，有時又分成兩半，彼此互相拉鋸或對抗。最好當然是整體都是善的。但是不得已的情況之下，與其一體都是惡的，寧願有一半的善在那兒奮鬥，不至於全部淪陷。人的內在常常有分離的情形，但最好的是，最後又統整為善的一體。

49
習氣、懺悔
和其他

人的習氣一天沒有改善，生命就無法提昇。改善的第一步是準確了解自己的缺點；第二步是願意去面對自己的缺點；第三步是要對自己的缺點覺得慚愧；第四步是要懺悔並立志改過遷善；第五步是從生活的實踐中去改善，從心念的調整淨化去改善。

人容易流於兩個極端：一是對於自己的錯誤一直耿耿於懷，一直存著罪惡感，如影隨形，內心沒有平靜和自由。一是很快就原諒自己的錯誤，快到來不及改正，因此對於改善的舉動也鬆懈了，不久故態復萌。這兩者都不是善法，因為對於行為的改善沒有幫助，對於生命的淨化和提昇也發生不了真正的效果。

第一種情形是以內疚和罪惡感來卸責，想使
自己覺得比較好受，卻得不到真正的平靜喜
樂，因為罪惡感本身就會干擾內心的平靜，
觀念和行為卻沒有實質的長進。第二種情形
是寬以待己，沒有深切的悔悟，所以也沒有
深切的覺醒和力行。

以中道處理自己的缺點，是需要智慧和學習
的。人的錯誤行為的改正，是為了獲得真正
的自在，而真正的自在，則源於心念和行為
之完全的清淨。如果只是在內疚當中糾結，
卻不去改變自己的缺點，是無法真正得到解
脫自在的。

50
心念和六道

在心靈最深處，潛伏煩惱的根源，佛教稱為「隨眠」。「隨眠」是心靈的陰影，詭譎而糾纏。當人性和動物性糾結在一起的時候，中間只有很薄的界線，稍為不慎，就跨越過去了。本能有著幼稚、愚昧和衝欲的成分，又會利用自我防衛的機制，對於不良的心念和情緒，予以合理化，以自圓其說、說服自己。

人的心念行為可以分成幾個不同的範圍，佛教說六趣或六道：天，阿修羅，人，這是三善道；畜生，餓鬼，地獄，這是三惡道。人心有時偏於善，有時偏於惡。有時善惡交戰，最後歸於善的一方或惡的一方。如果長期交戰，內心常在混亂掙扎之中，便沒有平靜。

佛性超越六道，是純然的清淨、純然的善、純然的美，超越世間一切的生滅、計較、得失。菩薩性是善多，而且持續趨向更多的善性。天道是善多於惡，煩惱較少，但是還不完善，不免於輪迴流轉。人道則是善惡參半、智愚參半。但是人道有許多機會可以做出抉擇，成為生命的轉捩點。

在對自己內心細微的觀照中，只要誠懇地面對自己，誠實而不欺騙自己，便能看見此時的我是在六道中的那一趣？或者混雜著那些趣？你會看見自己一些卑微而見不得人的念頭，心驚不已，不禁訝異於心靈角落那一塊被漠視的陰暗。當然，這時的我，也應慶幸能看見自己如此細微的心念的變化，在層層迷霧中，還能見到那拼湊得不是很完整的、卻非常真實的自己，可以比較客觀而準確地認識自己。這是一種能夠自省的自證分，是一個轉變的契機、好的開始。

Part 7

教育

51
教育與人生的目標

教育是實現人生的利器：實現個人解脫和建立社會
淨土。欲實現什麼樣的人生，就要有可以實現那種
人生目標的教育。所以，在決定教育的目標之前，
先須決定我們希望的人生理想是什麼。教育是實現
這種我們所設定的人生理想的途徑。

但從教育本身來說，既已依人生理想而定義了教育目標，
那麼此時教育的目標即成為教育歷程的課程、方法及設備
的依據；這時課程、教育方法和設備是為了實現教育目標
而存在的。課程、教育方法和教育設備必須能夠達成教育
的目標，才有存在的意義。所以，教育者須常常檢討課
程、方法和設施，看它們能不能達成教育的目標；如果不
能有效達成，就應該立即改變。認為課程、方法和設施永
遠不變是錯誤的。課程、方法和設備如果不能有效達成教
育的目的，它們即失去其存在的價值了。

52
教育實施的智慧

> 有良善的動機,
> 而沒有實行的智慧,
> 無法達成預期的結果。

教育的智慧,在佛法中屬於「般若波羅蜜多」。這是無上的智慧,以慈、悲、喜、捨四無量心做為教育的基石。依此而講求教育愛,是無條件、不設限、不求回報、無所得的付出。教育因此乃是平等的法布施和無畏施;沒有執著,沒有貪取;在精進中有的是耐心和安忍。這是教育的方便善巧,兼顧了教育的理想和世間情,卻以超越世間的情懷成就世間事。

教育的方式和方法,不但有效達成教育目標,並能使受教者、教育者以及相關者,感覺到教育的美感,有信心和尊嚴,並在參與中得到成長。

教育是有意義的事業，但也是艱難的工作。教育者需要兼顧這麼多的層面。他們需要很大的忍耐。他們也需要被鼓勵和支持。他們有時會感受到衝擊，但希望衝擊不至於大到不能承受。他們感受到責任的壓力，但希望壓力不至於大到令人崩潰。他們希望有可以遵循的指引和支持的力量，但不至於失去自主思考和獨立判斷的空間。他們能接納逆耳忠言，但也希望感受到春風拂面、不會受傷。

方便善巧是因為我關心別人，而不是只關心自己的想法和理念，或只關心我的目標。因為關心理念和目標，所以更應該關心相關的人的需求、感受、想法和處境。忽略了相關的人的這些條件，即使一心一意堅持目標和理念，則所執持者也不可能轉化為現實，變現出結果。依照理念、理想所設定的一切目標、人生理想，乃至於日常的事務，如果缺乏實行上的善巧方便，則將流於空談，無法完成。

教者如果沒有方便善巧，學生將缺乏興趣，或者心生畏懼，喪失安心和自信，潛能無由釋出，智慧無法開啟，學習成效自然欠佳。父母如果沒有方便善巧，容易形成所謂的代溝或情感勒索，親子之間無法感應溝通，或反彈、或叛逆、或自卑、或墮落，使全家人都傷心。有好的動機，但缺乏方便善巧，使得人人傷心挫折。

什麼是方便善巧？簡單地說，教師或教育行政工作者不但認清教育的目標，而且能基於正確的教育原理，設計出足以引發學生學習興趣的、符合他們學習程度的課程和教材，以同理心、耐心在教材及教學方法上做出適當的調整、改變，並且不把教師的自我自尊擺在第一位，不把教師自己的利益擺在第一位，也不去計較教師能得到什麼好處，以這樣的心態來教導學生。這時教師的精神反而是輕鬆而自在的，因為不以自我來束縛自己。教師先解脫了，學生也能快樂學習。

從某一個角度來說，教育工作只有犧牲和付出，
卻沒有自我。但是從另一個角度來看，也只有如
此，教育才能辦得成功。如果只有計較而不肯付
出，那便是學店而不是教育。

從這個角度來看，教育確實是非常崇高的事業，
而無法當成營利的事業，因為付出永遠無法從世
俗的觀點來平衡；它無法在世俗的得失上，獲得
回報和利潤。

所以誰適合辦教育？政府，慈善家，慈善團體，
宗教，以及真正的非營利的個人和組織。

53
有教育，
但也可以說
沒有教育

教師也不要「存心」「刻意」想去改變別人。像《金剛經》和《大般若經》，如來在說法的時候，聲稱他實際上無所說。不說法的說法，不說教的說教，才是最好的境界。這也說明了善巧方便的重要性。

有時我們想教導別人，但是過於執著我是「教育者」、他是「受教育者」的區別，影響了教育的效果。善意的教導者，由於熱情及動機急切，有時採取近似「灌輸」或「強迫」的方式，想快速改變學生。教導者如果非常執著於自己的專業知能和理念，會很「堅定地」想去影響學生。這時，可能忽略了一些師生互動關係的問題。

教師和學生都是人，都有他們的心情和態度。這包含動機、情緒、情感、意志、理念、自我印象和角色的詮釋等。教師如果能以同理心準確而寬容地詮釋教者與受教者的關係，將有助於建立良好有效的教導策略。

教導策略是教師和父母在教導學生和子女時，首先要形成的行動準則。教導方法的選擇，是依照此策略的準則。有時教者與受教者間激烈的言辭辯論甚至爭執，是依據教導策略而設計的，但是此種設計必須能產生圓滿的教育效果，而不是有缺陷的教育結果。

像菩薩一樣的教師，真的很辛苦、很難得。我們應該向教育界的菩薩們、家庭裡的大小菩薩、以及各行各業的菩薩們讚嘆、致敬。

54
教育的風格

做好父母和好老師有許多條件，其中有一個重要的條件，值得一提，那就是「寬容」。寬容不是放任和溺愛，而是要多一些耐心，給孩子多一些改進的時間和空間。換句話說，心太急了，發條上得太緊，等於壓縮了有心改進或改過遷善者的調適空間。

善良的人有時難免求好心切，而愛深責切，有如秋風的肅殺，冬雪的凜冽。雖說教學的風格，人各有異，因而無論是程門立雪，或如沐春風，在教育史上都能為人稱道。但是，以培養雍容敦厚、和諧互敬的現代民主和文明人的胸襟而言，溫煦的冬陽比起酷夏驕陽，則是較勝一籌，因為拂面的春風更容易化解融釋人心的鬱悶、偏執和嫉恨，培養高貴和平的人格，對於今天的世道人心，更具有救弊補偏的作用。

55
懲罰不是教育

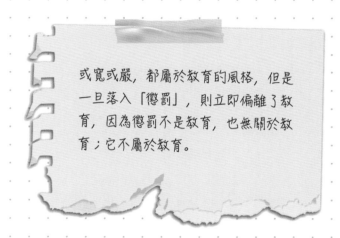

或寬或嚴，都屬於教育的風格，但是
一旦落入「懲罰」，則立即偏離了教
育，因為懲罰不是教育，也無關於教
育；它不屬於教育。

如果懲罰是為了改變學生的氣質，則是南轅北轍、緣木求
魚。如果懲罰是為了殺一儆百，那麼即是把受懲罰者變成
警告其他未犯錯者的工具。如果懲罰是為了報復，則教育
的本質本不包含報復在內。如果懲罰是為了洩憤，則懲罰
成為教育歷程中的癌細胞，擴散的結果足以損毀人性。

教師或父母之所以會執著於懲罰的方法，有幾個原因。第
一是他的成長過程習慣於此。第二是他不了解教育的本質
和目的，也錯誤認知教育的方法。第三，他是以教育的外
表來包裝耐心的缺乏，所以說出「我愛他，所以懲罰他」
這樣的顛倒語。

56
知識的層次和課程

辨別知識的價值和層次當然也是重要的。基本上知識應是文化的精華，但由於時空變遷和文明的進展，以及其與生活各個不同層面的關聯性和重要性，知識本身也有了輕重緩急之分。又由於知識本身的邏輯性和有機性，因此也形成知識內在階層上的差異。

今日世界上的知識已經累積了那麼多，窮一生之力也無法盡學、盡知，更何況達到樣樣都精通的地步。徵之於實際生活的基本需求，似乎也不必每一樣都學會、都通達。教育學者依據哲學、心理學、社會學、經濟學、政治學和教育實施的考量，列出學生必修和選修的科目和次第，再依著學校教育的程度和層次，一一臚列學習內容和實施要項，即形成課程。

課程不見得都完美。另外，適合於此時此地的課程，不見得適合於他時他地。所以，課程是需要常常檢視、檢討、增減和改進的。課程不能一成不變；它不是聖經。學習者依於課程而學習，有著許多方便，但是學習者和教育者都不能只以眼前課程的學習為滿足。課程不但隨著時空變異而變革，也須因應個別學習者的需求，做出增減和改變，以適應個別差異。

57
跨越累世多生的學習

良好的教育可以使知識逐漸趨於正確和完善。教育包含自我教育。自我教育是各式教育的基礎。老師再好，也必須有自我教育的強烈動機。自我教育產生於自覺。

從個人而言，一期生命很短暫，無論如何修學，都無法當生獲得完整正確的知識，但是累積多生的修學，卻是有可能的。

生命是無盡期的相續而轉換不同形式的存在，每一生命階段的學習，都為下一階段之生命的存在，奠立教育的起點行為。所以，知識是可以累積的，儲存於阿賴耶識之中，隨著生命形式的形成、學習、實踐和發展，亦不斷增添、儲存。判斷和抉擇的智慧能力，也是可以學習而累世積聚的。學習的方法正確，可以使學習有效而快速。

同樣重要的，是學習道德的善：善心，善言，善行。有知識但心行不善，則智慧必然缺失，人生也必然會有缺點和失敗。有善心善行又能不斷累積知識，才能增進智慧福德，使生命達到圓滿的境地。

58
聲音的訊息

聲音有很多種，有惱人者；有悅人者；有單調機械的重複；有圍繞著主調的變奏；有雜亂突兀的尖拔或暴喝；有平和寧靜之音；乃至於急切、盪漾、哀傷、沮喪，不一而足。聲音敘述心念和情意，摻和著性格與個人當時的情緒。聲音常常如實說出一時一境的瞬間世界。

說法者慈悲而有懾服力和說服力的語言，包含著多少悠長時日的潛修、領悟和心願。所有這一切的特質，在短短幾十分鐘內，凝聚成有功德力和威力的聲音般若。說法過後，又散而為日常生活的念念行行，隨環境變化和眾生需要，他的聲音，以累劫修行的成果，轉化為或大聲或小聲、長句或短句、誠懇或苦切、淺顯或奧秘的言語般若。聲音如無限寬大的心量，在廊廳擴散迴響，復透過先進的科技裝備，在三千大千世界，在人群、眾生、虛空，使真實語宣流無礙。

慈祥而有修為的父母,在家居時,在煮菜、用餐、說故事、看電視、郊遊、逛街、坐車時,說著令人悅納的話語。父母的愛心是不求回報的,是無限的。子女因為父母的好榜樣而學會了人與人之間的禮貌、尊重和關懷,也學會如何以和善悅耳的聲音,表達意見和情感。

人類社會以各種聲音,互相交流。好的、適當的聲音,能產生正面的作用,不好的、不適當的聲音則會產生負面的效果。所謂好的、適當的聲音,不但注意了音調、音色和音量,也注意到了發出聲音的時空、方式和內容。這些條件適宜配合在一起,使聽聞者清楚了解表達者的意思,感受到表達者的善意和尊重。適當的聲音能產生良好的人際溝通,消弭誤解和猜忌。正確的傳達美好的心意,必能得到回應。

惡意的中傷和攻訐,卻用美麗熱情的聲音來包裝,仍然難以掩飾冷酷和無情。缺乏誠意的言辭或者美麗的謊言,有時雖然可以欺騙他人於一時,卻不可能覆蓋長久。欺騙者在他的謊言拆穿之時,也即是他的信用和人格破產之時,從此再難獲得別人的相信,在社會上將是寸步難行。

不同的音樂，會引導人們進入不同的感受世界。
但是不同的心情，也會引導人們去親近或排斥某
種音樂。音樂的形成，是作曲者藉著聲音的原理
和純熟的技巧，將人籟或天籟，化為時間及符號
的聽覺藝術。

有些來自魔界的「音樂」，則與魔心相應。有
些音樂似喃喃囈語，枯燥冗長之延伸，難免使
人煩燥枯悶；或許正呼應了現代人百無聊賴的
空虛的心情。也許在不同的眾生界，聽覺的美
學觀大有不同，所以六趣雜處的人間，也可以
聽到適合不同界域的「音樂」。

這宇宙應該還有許多美妙的音樂或美妙的聲音，
但是因為不在我們一般人聽覺的界閾之內，
所以無法聽到或感受到。

由於五官相通，而五官又與意識相通，所以，有時我們雖然不發一語，卻能和別人靈犀相通。人與人之間相互了解和感應，不一定要藉助於視覺和聽覺。有時雖然一句話也沒說，但是嚴肅或哀傷卻能流布四周，感染一室。貧賤夫妻，默然相對，彼此的愛憐不減。戀愛中人喜歡那無聲勝有聲的氣氛。獨步於星空下享受寧靜的人，反而可以聽到宇宙間最美妙的聲音。

世間的人事物，不斷發出各種訊號，包括無聲的資訊波，都能給我們彼此理解的資料。敏於觀察和感受的人，能經常接受到這些訊號，「聽到」各種各樣豐富的聲音，然後加以分析和妥善處理。因此有人能感知和理解宇宙的聲音，悟出宇宙的道理；有人能聽聞世間的苦樂，因而悟出人生的道理；有人接納到大自然的衷曲，因自然之美而感動，理解生住異滅的變化。觀世音菩薩能聽到眾生的痛苦、需求和困惑，所以能聞聲救苦。

聲音能傳達許多人世間的資訊；能傳遞知識，引發智慧。

說出好聽的、有美善內容的悅耳的聲音，是教育者的布施功德。

Part 8

思維

59
覺醒

覺醒是自覺；是在自覺之後，
還要覺他。

覺醒是從睡覺中醒過來；從迷夢中醒過來；從幻境中醒過來；從無明中醒過來。覺醒是生命的另一個開端；是新的人生的開端；是擯除過去的錯誤，遠離一切的罪惡。

覺醒先經過思索；由思索自己的問題和他人的問題，思索人生的各種問題，然後領悟了；因領悟而覺醒。

遇到重大衝擊時，產生無限苦惱，轉念思考自己的處境，做出省思。有時只是受到新而深刻的感動，例如宗教，內心得到了啟示。或者雖無重大事件，但在一念之間，開始省思整體人類的處境；對社會及國家之政治、經濟制度的省思；對於文化的省思。因為，關心人，關心這個社會，關心許多人類遭遇到的難題，他探入生命的本質和生存的意義，做深沉的思考。

有思惟和覺醒，雖不一定會產生好的改變，但沒有思惟和覺醒，便不可能有任何改變。

思惟的結果是希望能了解自己和他人的處境和困難，了解人類的處境和困難，並希冀發現解決問題和改進現狀的方法。

思惟的結果希望能對生存的意義有了新的發現和詮釋。

所以覺醒是打破流轉的第一擊，開啟了扭轉命運的機會。

60
正念，正思惟，
恆住捨性

人欲求得解脱，必須運用正念和正思惟。所謂正念，即是有因緣果的觀念，有緣起的因緣和合的觀念。所謂正思惟即是有良好的分析及邏輯推論的能力。而在正念及正思維的底層，是以「恆住捨性」為根本。

所謂「恆住捨性」是內心隨時隨地要有捨的念頭和心理準備；不是心不甘情不願的捨，而是寧靜的、一切都了然於心的捨。捨，是正念和正思維的結果，不是盲目或情緒性的捨。捨與正念、正思維互為因果。

61
思想，語言

> 佛經常說「如理思惟」。
> 佛陀講八正道，有「正思惟」。
> 思惟得法，才能正確的理解和領悟。

常常聽說，想比做容易；只有想而沒有實行，終究只是空想。但是，想還是很重要。一切的成就，最初都只是想，甚至只是夢想。

人的特殊之處在於能想。語言和文字是協助思想的利器。沒有語言文字的協助，靈光一現的奇思異想，很快就會沉埋於記憶的塵堆，等到想去捕捉的時候，已經如同海底撈針。以言語或文字敘述，一方面幫助思想的完備、成形，一方面記錄下來，隨時可以查考、回顧、重溫，沒有通路上的障礙。思想和語文互為表裡，互相完成，後者是前者的工具。

思想可跨越時空的局限，打破習見的束縛，也可以演練複雜曲折的邏輯推理。一旦有了思想，資訊或材料即在腦海裡重組，可能組合出新的產品。新產品的產生過程被稱為創造。過於奇特而不合常情者被稱為怪異。但是此時此地之怪異，焉知不是明日之新發明？

腦內之資訊的排列組合，其可能性之多，如河沙，是無限的。一旦在腦海中出現，那怕極為短暫的一瞬，也已留下了足以在未來適當時機萌芽的種子。這些種子都可能是未來文明的根苗，創新之所由。能在腦海中灑下種子，即是賦予某種存有變現的可能性。

62
創新

多閱讀，除了自己有興趣和專精的領域之外，也能涉獵不熟悉甚至不感興趣的領域，以獲得新資訊、新觀念、新刺激，增益思考的面向，導引出新的模式和型式。

多學一種外國語文，並達到精通的地步。不同的語言，代表的是不同的思想途徑和型式。能精通非母語的語文，能開啟異於熟悉之生活及思想經驗的新通路。

從生活及工作之困難問題的解決和改善，做為創造思考的動機和出發點。強烈的實用的動機，容易產出新的構想、新的點子。

把各種可能的問題解決的方法一一列出，分別評估其優劣得失，並研究有無可能將幾種方法合併成一個，或研究某一個方法的缺點應如何改進。

重新組合過去已有的經驗。許多創新是舊材料的新組合。試試這種比較不費力又有效的方法。

訓練分析及綜合的能力，把複雜的事物或問題，加以分解，了解其中的基本組成分子以及組成的結構關聯，然後增減其組成的成分，改變其結構關聯。這也是一種新組合。

63
第一原理

哲學家會提出「第一原理」作為各種論證的前提。例如笛卡兒（Rene Descartes, 1596-1650）說「我思故我在」，他首先肯定了「我」的存在；而我的存在是因為我思。他何以知道「我思」的存在？因為他正在「思」此一「我思」的存在問題。我與思是連結在一起的：既有我，即能思；已能思，可證明有我的存在。

通常人不會懷疑我是否存在。笛卡兒為什麼懷疑？因為他想確定我的存在。但是，感覺自己在思，只能證明思的這種感覺，但無法證明感覺是否真實。因為感覺也可能是虛幻的。

第一原理的證知，影響宇宙觀、世界觀和人生觀的成立。佛所證知的第一原理是緣起，由是而有無常、無我等原理。

第一原理的證知，主要是基於「直觀」。直觀是一個人所有的知識、經驗、資料、邏輯、領悟力等的總和，包含世俗智在內，卻超越世俗智、兼具福德的智慧。修證達圓滿境界的聖者的言論，稱為「聖言量」。謙虛學習聖言量可以幫助我們了解第一原理。

64
演繹法

> 演繹法是基於正確的前提，經過正確的推演過程，論證某一待證明的新事物為真。

演繹之邏輯推論，有一定的規則。
如前提為真，並遵守推論的規則，
那麼結論也必定為真。如前提謬誤，
則無論推論過程是否正確，其結論都不可靠、不可信。

演繹法只能援引前提所包含的意義，來推論個別現象；它不能擴充前提的含義。所以基本上，演繹不能產生新知。

演繹法最大的挑戰在於前提必須為真。而這個前提的產生，或者依靠歸納法，或依照其他的智慧能力。

如果依靠歸納法來得到前提，必須是百分之百為真的歸納結果才可信。但是由於歸納的樣本未達百分之百，則所得到的結果只能說是假設。將此假設定為演繹的前提，其結果可能謬誤。例如醫療科學為了趕快救治病患，在尚未百分之百做人體實驗之前，醫療的效果只能假設是有效的，但可能過一段時間以後發現例外，則前提必須放棄或修正。科學界的假設經過一段時間被推翻或修正，原因在此。

另一種演繹的前提，是根據過去賢能者的理論。這些理論經過長時間的考驗，或經過許多人的試驗得到印證。也許未來有新的事證，必須加以修正甚至否定，但是至少到目前為止，仍然得到許多思想家和科學家的認同。對於這樣的理論，我們可以認為是接近真的前提，除非有人可以提出更為有力的反證。

65
歸納法

從邏輯論證的過程
而言，歸納法是演
繹法的逆向操作。

歸納法是從個別事件的特質，分別異同，把具有相同
特質的人、事、物歸納成一類。個別的特質稱為自
相；一些人、事、物具有相同的特質，這些特質稱為
共相。歸納法把具有相同特質的人、事、物聚集在一
起,成為一類，然後給予共同的名稱。

在同一個名稱的類別中，所包含的個別人、事、物，雖具有某些共同的性質，因此而被歸納成一類，但這並不表示它們彼此之間沒有不同的個別的特質。所以在做推論的時候，必須限定在共同性質的部分，不可超越共相的範圍。越過共相，即是過分推論，以偏概全，會產生謬誤。

即使正確的使用歸納法的推論，所得的結論也只是「可能」為真，而不是絕對真，除非所涵蓋的樣本達到百分之百。所以一般民意調查的準確性，只能說是可能，而不能說是絕對，因為民意調查的對象，數量往往甚少於應該被調查的總數，但是受限於現實的條件，例如時間和金錢，無法百分之百普遍調查。即使不考慮時間和金錢，仍有其他現實的因素可能阻礙百分之百的調查。

如果所要調查的對象總數很小，歸納法可以得到絕對的真。例如一個團體只有十個人，在預定午餐時，先行調查有哪些人選擇A餐，哪些人選擇B餐；選A餐的歸納為一類，選B餐的歸納為另一類。因為樣本少，百分之百的調查所得到的結果，是絕對的真。這十個人今天在選餐的時候，選A餐的歸納成一類，屬B餐的歸納成另一類，但不能擴大推論說，明天也一定如此；只能說他們明天可能如此。

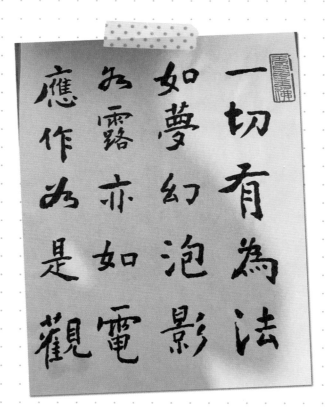

一切有為法

如夢幻泡影

如露亦如電

應作如是觀

必須涵蓋百分之百的樣本，窮盡了所有的個例，我們才能做出確然的歸納的結論，否則它只是一種或然的統計結果。如果不了解歸納法的這種性質，超越它的限制，便會產生謬誤。

66
《解深密經》中的論證法門

佛說《解深密經》的〈如來成所作事品〉中，對於道理的證成，佛陀提出五種清淨相和七種不清淨相。

所謂清淨相是合理的論證過程，包含「現見所得相」，「依止現見所得相」，「自類譬喻所引相」，「圓成實相」，「善清淨言教相」，一共五種。

所謂「現見所得相」是我們可以直接觀察、體驗、領悟而產生的論證。「依止現見所得相」，雖然不是直接觀察體驗所得，卻是依據直接的觀察體驗為基礎而間接印證的道理。「自類譬喻所引相」是依據共同認證的真理而類推所得的道理。「圓成實相」是所有合理可靠的方法所得的道理。「善清淨言教相」是合乎善的、清淨的言語和教導。這些是聖人所認可的認證的途徑。

七種不清淨相是：「此餘同類可得相」，「此餘異類可得相」，「一切同類可得相」，「一切異類可得相」，「異類譬喻可得相」，「非圓成實相」，「非善清淨言教相」。

「此餘同類可得相」是誤以為此一人事物與另一人事物因為同屬於一類，所以它們的性質必然都一樣。

「此餘異類可得相」，誤以為兩個不同類的人事物，所有的性質一定不同。

「一切同類可得相」，誤以為一切同類，它們的性質一定都一樣。

「一切異類可得相」，誤以為異類的所有性質，一定都不一樣。

「異類譬喻可得相」是跨越類別來推論。

「非圓成實相」是指所有不合邏輯的、不合理則的推論。

「非善清淨言教相」是指所有違反善性的、不清淨的言論和教導。

67
因果的關聯

> 把沒有因果關聯的兩件事誤認為有因果
> 關聯,會產生論證的謬誤。

所謂因果是發生在前的「存有」為後來發生之「存有」的因,而後一「存有」為前一「存有」之果。

英國經驗主義哲學家休姆(David Hume, 1711-1766)懷疑有所謂固定的因果關聯的實體性之存在。他說,人類在經驗上,由於前一「存有」和後一「存有」在時間上經常相隨出現,而且這種相隨出現的次數很多,使人相信前與後兩個「存有」,有著因果的必然關聯。休姆對此因果關聯的實體性,產生懷疑。

因果關聯的實體性是哲學的問題。但是因果的現象卻為科學界和宗教界所肯定，姑且不去討論這種關聯本身是否具有實體性。佛法係以中道為正法，因果既是實體亦非實體，是一種真空妙有。在現象界，是有因果，而且應該要信其為有。不認定有因果或不相信因果，都會造成知識論、道德論、人生論與生死學的大謬誤。但是如果把非有因果關係的兩事，硬說成有因果，自然也會形成各種謬誤。這種情形，在佛教稱為「戒禁取見」，例如以為遵行某種禁忌會造成某種可欲的結果，而其實兩者並無如此因果關聯。

因果關聯有其複雜面。如一因多果，多因一果，一因一果，多因多果；在時間上也有所謂「異熟」，那是因與果不一定有時間的接近性；而且因與果也不一定是同樣的性質，或同屬於道德上的善與惡。也就是說，果的成熟、發生，在時間上與因異，在形態上也與因異，所以佛經稱為「異熟」。佛也說，因果的關係，很深奧，不容易徹底了解。但是我們不能不相信因果。不信因果是一種「無明」。

許多日常的事件，或物理學、生理學的因果關聯，是顯而易見的。例如肚子餓的時候，吃了東西就不餓；天冷之時添加衣服就不冷；手碰到火則灼痛；手入冰水則覺其冷。但是，有時，我們投之以桃，對方卻不一定報之以李，或者沒有立時報之以李。善因緣可能隔一世、二世或更多世以後才生出善果，惡因緣亦然。有時投以一藥即可治好一病，有時必須投以多種不同的藥才能治好一病，有時還需要配合病人的飲食和心情之調整，藥物才能發揮效用。因果之複雜性，可以想見。

了解因果，有時需要等待、耐性；有時需懂得如何抽絲剝繭、理清頭緒；有時需懂得如何追溯根源；有時需去蕪存菁，把不相干的因素排除於外。

68
成見與法執

> 先前的成見會引導一個人的理解
> 或判斷。

成見的產生可能由於情緒或情感的因素，例如過去對某人有過好的或不好的經驗，此時便會對此人相關的主張、看法、理論或意見，在認知和評價上產生影響。這是因為認知上的「不清淨」或「雜染」所產生的結果。如果是胡塞爾則可能說這是沒有「還原」（reduction），沒有「劃入括弧」，沒有「暫停判斷」的緣故。

人是理性的存有，也是經驗的存有。我們許多的情緒情感、態度判斷，都與過去長時間的各種快樂或痛苦的經驗相承接而延續著。人之經驗的影響是接續、交錯、層疊的，有時候也會被挑動（reactivated），即是後面的經驗會挑動前面的經驗，即使這前面的經驗已經被塵封了許久。這種經驗相續和經驗復活的人類慣性的鎖鏈，只有人在做反省而覺醒時，才能打破、打斷。

有些事是要從過去的經驗的事例中，尋找可資比對的參照標準、但是有些事卻必須要避免重蹈覆轍。從過去經驗的糾纏中脫身，做到自由進出沒有掛礙；跨越過去、未來、現在的束縛；脫離貪瞋的恩怨以及得失榮辱的鉤牽，對於培養正思和正思惟，都是很重要的。

《大般若經》和《金剛經》都說，修行般若波羅蜜多之時，即使是對於殊勝善法，也都不存「有所得」心，都不應執著，何況是我們過去所形成的一些偏見和印象呢？

69
洗腦

人的耳朵或眼睛，對於常聽常看的東西，聽久看久
了就會不經過思考，習以為常，好像與反射作用的
神經所走的路徑一樣，此所以廣告商針對產品的形
象不斷做廣告，使閱聽者的視覺和聽覺印象，直接
進入記憶底層；或如政客於選舉時以口號標語，不
斷重複出現，也會產生類似的效果。

為了破解，我們首先要了解廣告或
口號標語等的本質和特性，進一步
加以邏輯分析，即容易發現它們的
矛盾和不合理之處。

另一種洗腦，則發生於灌輸式的教學（indoctrination）。教師跳
過邏輯推理的步驟，也不給學生明辨審思的空間，卻像灌食填鴨一
般，把觀念、知識和理論，用強勢的手段，直接灌輸到學生的腦裡。
被迫學習的習慣一旦養成，人類即不欲、也無能力思考判斷。學生
或者接受，或者不接受，或者選擇性接受，但將只流於情緒和一時
好惡，或順服於教師的威嚇利誘，失去了練習理性思惟的機會。

Part 9

人性與自我

70
人性與佛性

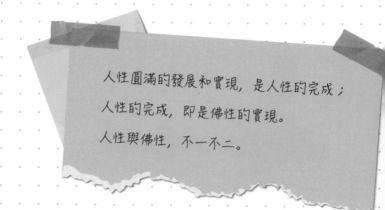

人性圓滿的發展和實現，是人性的完成；
人性的完成，即是佛性的實現。
人性與佛性，不一不二。

現實生活中，未完成的人性會遭遇到各種考驗，
因此產生內心的掙扎。但是一旦理想人性實現
了，則只有善美、沒有醜惡。

如果人性有完全實現的可能，可以證明人性中早
已有潛在的善美在。

人性的完成，包含智慧、能力、福德的完成。這
時，有明辨和判斷的智力，有德行，有實行力，
也有福報。佛性的顯現是人性發展的極致。

人性中潛在的善美的根苗，包含孟子（西元前372-289）所說的仁、義、禮、智四端在內。端的意思是端倪；端倪就是事物的根苗，有潛力，但尚未發育或發展完成。所以孟子說，四端就好像是山泉水開始流下山來的時候，水量很小，力道也不足，這時一點點的阻礙就可能阻斷水流。四端又好像是火剛剛燃燒起來一樣，微弱的火苗，一點點風吹草動就會被吹熄。這些剛剛流下山來的細流，以及才點燃的火苗，都需要我們小心地呵護，才能使它們成為暢旺的水流、熾盛的旺火。以此來譬喻，人性中潛在的善與美，在現實的生活中會遭遇到許多挑戰和考驗，而它們都還只是細弱的根苗，所以需要我們用心去照顧、培養，使它們成長、暢旺。當它們成熟的時候，就能充分發揮善與美的能量，為人生帶來許多的福報。

孟子說得最強烈的一句話是，如果善端不能擴而充之，人和禽獸又有什麼差別呢？既然人人都有善的根苗，為什麼不以適當的方法和愛心，來引導、刺激、灌溉，使每個人的善的根苗成長茁壯呢？

不只是這四個善端，所有的善根，所有潛在的善性，都需要我們去呵護、培養，才能照亮我們的人生，驅除黑暗和罪惡。佛教有「四正斷」，或稱為「四正勤」：已經做的善事，不但繼續做，而且要擴大做。未做的善事，要趕快開始去做。而在另一方面，已經做的惡事，應該立即停止。還沒有做的惡事，永遠不要去嘗試。

★ 不但自己行善，還要鼓勵別人、鼓勵更多人一起行善。

★ 不但自己不作惡，也要勸阻別人不去作惡。

71
同理心和他心通

我們如果能常常親近良師益友，得到鼓勵和啟發，自己的善性會不斷發展，也增加同理心。

同理心增長的時候，不但我們內心的衝突和矛盾，會逐漸化解，並且比較能夠了解眾生的想法和情感，同情他們的生活世界，因此逐漸發展出一些他心通。這時，我的耳朵變得比較靈敏，能聽見許多人的心聲。

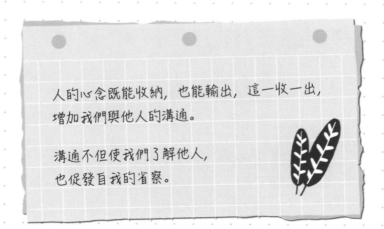

人的心念既能收納，也能輸出，這一收一出，增加我們與他人的溝通。

溝通不但使我們了解他人，也促發自我的省察。

72
自己看自己：
內心的省察

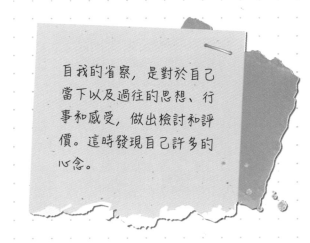

自我的省察，是對於自己當下以及過往的思想、行事和感受，做出檢討和評價。這時發現自己許多的心念。

例如有競爭的心，想贏過別人，這是和別人比較的結果。但是我們也可以和自己做比較，比較今天的我和昨天的我，有什麼不同？有超越過去的地方嗎？

又如嫉妒的心，那是因為自我心太重，缺乏自信，怕失去優勢，怕失去已經擁有的，怕被別人超車。雖然妒嫉心產生的時候，很難客觀自省，但至少應該反問自己：「我為什麼會這樣？」

能如此自問，已經是一種覺醒了，是進步的轉機。

算一算人有多少的擔心、害怕和焦慮？

(1)害怕改變。

(2)害怕任何不熟悉的的人事物。

(3)害怕挑戰。害怕改革、創新。

(4)害怕失去金錢、地位、權力等。

(5)害怕失業。

(6)害怕失去親人。

(7)害怕黑暗。

(8)害怕未知的未來。

(9)害怕失敗。

(10)擔心自己和家人的健康。

(11)擔心地震及其他的天災。

(12)擔心恐怖攻擊。

(13)擔心交通事故及其他人為的意外。

(14)擔心戰爭爆發。

(15)擔心社會動亂不安。

(16)對國家的前景焦慮。

(17)對死亡焦慮。

(18)對世界末日的焦慮。

哲學家說，人生活在操心當中；焦慮是生存的本質。又說，人必須為自己不斷的選擇負責。心理學家則說，人有許多潛在的壓抑。

居安思危是應該的，但杞人憂天、過度憂慮，卻不是善法。

從現象面來看，這世界確實混濁，不安；有戰爭，瘟疫；有天災，也有人禍；到處有意外。生活充滿緊張，以致人心惶惑不安，想求得內心的平靜，似乎很不容易。佛教說，這個世界是個五濁惡世：劫濁，見濁，煩惱濁，眾生濁，命濁。所謂劫濁，是說現今的這個世界，有瘟疫、戰爭等的各種劫難。見濁是說雖然文明發達，世人仍有許多錯誤的、不正確的觀念和見解。煩惱濁是說今之世人仍然因為貪、瞋、癡、慢、疑、無明，而為種種煩惱所淹沒。眾生濁是說眾生由於知見不正、不修善法、不知因果、多行不善，而福報損減。命濁則是因為種種心、行和生活的不恰當，而減損了壽命。這五濁的根本原因，仍是由於眾生種種負面的業力所造成的。而負面業力的形成，則是由於缺乏知識、未培養善根（人性之善）、知見不正、欠缺方便善巧所造成的。

人心有所貪求，想獲得，想擁有，所以有了掛礙，產生焦慮，內心也不平靜。佛陀教我們放棄貪求執著，了解現象界的虛幻，守戒行善，才能使內心寂靜平和。

基督教要我們依賴神，常常禱告，遵守戒律，放下心中的重擔。進一步效法耶穌基督犧牲自己的生命，為世人擔罪、救贖世人的精神：除了做好自己以外，我們還要進一步幫助別人。

佛教則說我們要學習菩薩的廣大慈、悲、喜、捨心，普遍濟助眾生。

適當的操心，可以激發成就的動機和意志，但是最佳的動機是在平和中的動機，最佳的意志是寧靜致遠的意志。

恐懼使我們築起一道心理防線，得不到自由平和。雖然說「生於憂患，死於安樂」，但長久之計、究竟之道，仍在於平和中道之智慧。

73
各種各樣的心

人因為有欲念，所以工商業發達、經濟繁榮。但是凡事欲求過甚，則弊病隨之發生。我們的病，不在於有欲望，而是在於貪婪，不能節制，結果侵犯、詐騙、掠奪、謀財、害命等等事件，時有發生，不但損傷他人和公眾的財物及生命，而且破壞了人際的互信互重，腐蝕了整個社會的和諧及元氣。

人的殘暴殺生之心，或是由於仇恨，或是由於缺乏慈悲心，或是由於邪思邪見。如果長時間受到周邊環境因素或司法功能不彰的影響，則更容易助長社會的暴戾之氣。

> 如果要轉變心境，先得看
> 自己的心境、了解自己的
> 心境。把針對別人的批評
> 的箭頭，轉個方向，針對
> 自己。

須知尊重他人的生命，等於尊重自己的生命。人與人交往，不
妨先從我尊重你開始，慢慢我也能得到你的尊重。互相尊重，
避免互相報復。對於弱者，社會應有適當的保護，以避免強凌
弱、眾暴寡。國家與國家之間的關係也是如此。若遇有惡鄰，
難以相處，這時就需要培養各種防衛的能力和智慧了。

除了上述的貪心和殘暴之心，人還有其他各種「心病」。例如
有瞋心，則會懷恨。有煩燥心，則心不定。有的人心思善變，
常常三心二意，左思右想，朝想暮改，拿不定主意。有的人喜
歡計較，常常計算自己吃了多少虧，而別人又占了我多少便
宜。有歧視心的人，會看不起貧窮的人，社會地位低下的人，
或看不起不同種族的人。有的人自卑自憐，心情常常低落。有
的人心懷哀傷，總是開心不起來。像這些有著「心病」的人，
生活怎麼會快樂呢？

這時最好的辦法，只有轉變我們的心境。但是這又談何容易呢？

74
我和我，
我和他

把批評針對自己，似乎把「我」「暫時」分割為兩部分：一個是主體的我，一個是主體意向所指的我。

這看起來似乎顯得矛盾。如果「我」可以探討、批評「我」，那麼前面的這個「我」才是現在的我，而後面的「我」則應該是已經過去了的我。所以這時的我與我自己的關係，應該是現在的我與先前之我的關係。所以，所謂的反省，應該是去反省前此的我，已經成為歷史的我，已經造了業的我。當我此刻能夠反省的時候，我事實上已經超越了被反省的那個我：即是舊的我。因為是舊的我，所以此刻的我才能夠脫離舊的我的利害得失，而做出比較客觀的反省。

對自我的了解，可以幫助我了解他人。而對他人的了解，也可以轉移到自己身上。雖然人人有其特殊性，但也有共同性；那即是人性的共相。

此外，透過同理心，可以把對自己的了解轉移到別人身上；對別人的了解也能轉移到自己身上。因為我與他具有共同性，所以能彼此了解。又因為具有相異處，所以能夠互相欣賞；欣賞彼此的異。即使不同種族和文化的人類，彼此之間也可以如此了解和欣賞。以此為起始點而加以擴大，人類的和諧共存可期。

75
自然與我

先有自然，然後有我。

我即自然，自然是我。

人為的就不是自然？

也不見得，人本來就是自然的一部分。

自然有道，合於自然之道，即使人為，

亦是自然。

自然之道，是善道、美道、清淨道。這是自然的本質，
稱為「無為」。無為是遵照自然之道，所以《道德經》
說「道法自然」。無為不是不作為，而是不違道而為，
是不違自然之道而為。

狹義而言，自然與人文二分了。但是，人文也應與自然
相合，至少不應相違。

76
業力、願力和自我

人有求生存和維持生存的心念和動力，是一種「本能」。本能是本來就有的欲求、能力、或傾向。

弗洛依德說過人有求生的欲望、也有死亡和自我毀滅的衝動。

快樂主義（hedonism）的伊壁鳩魯（Epicurus, 341-270 BCE）以精神的苦樂感受為評量生存意義的標準，而肉體的苦樂會影響精神，所以當身體的痛苦使得精神無法忍受的時候，生存的欲求會降低，而死亡的欲求則上升。

但是康德認為人生存於世界上，必須珍視生命，不能因為受苦就放棄生存。康德的道德觀是以「應該」或「不應該」做為行為的標準：應該做的事，再痛苦也得做；不該做的事，再快樂也不可以做。所以，人不可以因為活得很痛苦，就選擇死亡；也不可以因為活得很快活，就求多活幾年。這兩種想法都不正確。他認為，人既然生下來，活著，就是一種尊嚴，也是義務和責任。

其實，生與死是輪替的；有生就有死，而有死也能再生。但是會不會再生以及如何再生，仍然要看他的業力或願力。業力再生，如何生以及生於何處，不由自由意志，而是由他的前業決定的。如果一個人已經修行到「了生脫死」的境界，可以自由選擇要不要再生、如何生、生於何處；這時選擇再生，一定有其心願，是基於願力，所謂乘願再來。

我們可以把生與死視為一個生命體的兩面。肉體的存在，不能避免成、住、壞、空的自然法則，終究會腐朽、消失。如此說來，死亡也是生命現象之一，是自然的律則。但是生命絕對不是只有一期短暫的存在。認為生命只有一期的存在，人死就什麼都沒有了，稱為「斷滅見」，是不正確的看法。生命是不死的；死亡的只是肉體。

人的命運和業力或願力有關。業有新舊，願也有新舊。宿業和宿願造就了現在的命運，尤其是前半生；而後半生則一定會受到新業和新願的介入、影響，而修改了命運。業和願的差別是，前者是不自覺的，也是不自由的，而後者則是自覺、自由的。二者相同之處是，都涵蓋了身、語、意三部分，而以意為主導。許多人是業與願的混合體，產生半自由半自覺的命運。所謂意，實即生命的核心，是永續存在的。

業力有「個體業力」和「共同業力」。「個體業力」是個別生物在無數的過去世所累積、並不斷重組而形成的個體的基本型式或基因。「共同業力」是種族、家族、社會及文化在無數過去世所累積、重組所形成的影響力，而與「個體業力」產生一種關聯性。這種關聯的結構，是能變的。

生命體的「自我」意念，維繫了「個體業力」和「共同業力」於一特定的核心，此核心即是此一特定生命體的「標記」。所謂「標記」，是標記著所有過去生命歷程之一切經歷和經驗的結合，結合於「自我」這個概念。「自我」所努力維繫的是個人所有的歷史，以及歷史與現實的結合，並投向未來那不斷結合和擴大的希望和展望。這種維繫生存的本能，造就了生命的演化、發展。

77
臃腫的自我

佛教主張，人修行到某種境界，打破對於「自我」的執持，則能超越生死，自在解脫。打破「自我」，不是消滅「自我」，而是清除過於臃腫的、沉重的「自我」，消除那妨礙自由的羈絆和重擔。所謂自由，不是為所欲為，而是有所為、有所不為；是能隨心所欲，而不逾矩。

78
操心、自在和安忍

海德格 (Martin Heidegger, 1889-1976) 說,
人生是不斷的操心, 死亡是最大的操心。
人的操心會一直到死亡才停止。
操心是人生的本質。

在人世間想求得安逸快樂,即使不是不可能,也非常困難。
人間屬於欲界,六趣雜處,包含天,阿修羅,人,畜生,餓
鬼,地獄。每天每人,不知要進出六趣多少次。一天二十四小
時,或苦或樂,起起伏伏,不停變化,有如洗多次的三溫暖。

沙特（Jean-Paul Sartre, 1905-1980）說，人生是不確定；是在持續進行和改變中的未完成；是一個接一個的可能性，直到死亡一切的可能都不再可能為止。人因為依賴，缺乏自信，沒有擔當，不願意負責任，所以常常會選擇逃避或選擇不去面對，而這種逃避也是一種選擇。既然選擇，就得承擔後果。人之不肯承擔，是怕做決定；是因為不習慣於選擇和決定，不習慣於自主和自由，因而心生恐懼。人的悲哀是寧願不承擔以逃避自由，逃避做自己的主人。人生的本質本來是自由，但是一般人卻因為此種必須負責任的自由而受著煎熬。

這些操心和煎熬，是一般人的感受。所謂一般人，是像你我一樣的正常人。正常人有樂有苦；有優點，但是也會犯錯。我們常視大眾共同的現象為正常。所謂正常，也即是平凡。

既是凡人，便是尚未完全覺悟的人，但可能在未來覺悟，因為他也可能在未來成佛。因為還未完全覺悟，所以有時迷失。因為還沒有完全了解真理，所以難免會想錯、做錯。他有時無法面對現實。現實包含著真實。能面對現實的前因後果，便比較能了解事情的真實相，減輕操心和煎熬，能將現實的困境，轉化為正向的知見。

逸樂短暫，很快會消失。覺悟者了解冀求長久的逸樂，是不切實際的，因為它有如陽燄，是遠處水氣的幻象；有如尋香城，是海市蜃樓。逸樂不是人生的滋養，卻是逃離。逸樂的終點是苦果。

由於人生免不了操心，所以我們必須在操心中尋求自在，也在自在中面對操心。自在和操心看似矛盾，但可以並存。在操心當中尋求一種自在的生活態度，來解決操心的問題。因為沒有自在，便永遠無法解決令人操心的困境。在焦慮中過日子，不可能形成良性的循環。不要使操心變成焦慮，而是使操心成為改變的動力。

菩薩成佛的漫漫歷程，都是在為眾生所受的苦而操心。他們在種種不確定中受著苦難的試煉，學習安忍、精進和靜慮；以般若智慧：無所得、不著相、不著非相、和善巧方便，在無數的判斷和抉擇中，精勤堅持地前進。

國家圖書館出版品預行編目 (CIP) 資料

人生隨想 / 陳迺臣作. -- 第一版. -- 新北市：
商鼎數位出版有限公司, 2024.06
　　面；　　公分
ISBN 978-986-144-274-7(平裝)

863.55　　　　　　　　　　　　113008031

人生隨想

作　　者　陳迺臣

發 行 人　王秋鴻
出 版 者　商鼎數位出版有限公司
　　　　　地址：235 新北市中和區中山路三段136巷10弄17號
　　　　　電話：(02)2228-9070　傳真：(02)2228-9076
　　　　　客服信箱：scbkservice@gmail.com

編 輯 經 理　甯開遠
執 行 編 輯　廖信凱
獨立出版總監　黃麗珍
圖 片 攝 影　南圭、映慧、Derek、南妤、賚丞
封面書名題字　夐　虹
作 者 畫 像　夐　虹
封面照片攝影　南　圭
策　　　畫　南　妤
美 術 設 計　黃鈺珊
編 排 設 計　翁以健

商鼎官網

來出書吧！

2024年6月20日出版　第一版／第一刷